GAEA

Gaea

山貓

レオパード

護玄——著

因與聿案簿錄 一

山貓

因與聿案簿錄 一

目錄

人物介紹

虞因
大學生，有自然捲，髮色大多時間是褐色的(萬年染色款)。性格愛玩有點衝動，經常和同學出入夜店與夜遊，不過遇到正事時又很沉得住氣。有陰陽眼。
少荻聿
高中生，黑直髮紫色眼睛。皮膚白皙，有外國血統。因為家裡發生滅門慘劇受到很大打擊，變得不願／不能說話，但是個性細心，在語言方面很有才華。

虞夏
虞佟的雙生兄弟，阿因的二爸。警員，脾氣非常暴躁但辦事效率極佳，指著他叫小鬼必定會被揍。目前在刑事組任職，幾乎整年都在跑現場查案。
虞佟
阿因的父親。警員，黑髮娃娃臉(有著高中生般的面孔)脾氣非常溫和，擅長烹飪，因為曾經重大車禍關係所以視力衰弱。
嚴司
撈過界的法醫，暫時到本市警局支援法醫工作。興趣是遊玩人間，不過經常加班趕工沒得玩。

山貓，又稱爲石虎。

現今能看見山貓的機率已經非常稀少，且山貓攻擊性又比家貓高出許多，一般人也不會在家中飼養。

所以，也少有人知曉，其實山貓……

□

夜半時分，巨大集體的機車聲震響了台中縣郊外寧靜的公路。

因爲公路直接通向郊外山路，所以深夜時倒是無人無車，甚至也沒有居民會受到影響。

好幾對男女駕著各式不同的機車在公路上飛騰，閃爍的大燈將山路映得格外明亮，伴隨著轟然巨響，氣勢倒也有幾分驚人。

「你說的那個沒人的自然風景在哪啊！」轟響中，並行的車陣傳來幾乎是用吼的問話。

「快到了啦！馬上就到了！」

領頭的機車在數分鐘之後轉出了山路，接著急速彎過小路切上一塊烏黑的平地。

全部的車跟在他之後停下來。

「這個叫漂亮的自然風景？」

在看到眼前烏漆抹黑的不明山坡之後，車陣中有人爆出一句代表所有人心聲的話：「你是在整我們是不是啊！」

「你們自己說要找一個沒有人、又沒有開發過的自然風景區烤肉啊，我想說這裡很適合咩。」領頭的摩托車騎士笑嘻嘻地說著。

「裝肖維！這裡都是草怎麼烤，你烤給我們看啊！」一票人開始發出抱怨。

「整理一下就可以了啦——」

「廢話少說，大家先揍他一頓再找地方烤肉。」

「贊成！」

「新聞快報，今日清晨三點在台中市發現一具無頭女屍，根據現場勘驗……」

清晨六點，位於中市花園別墅成排房屋的其中之一傳出晨間的新聞報導。

就像每個家庭每天早上都會發出的聲響一般，幾個轉台的聲音過後，美容台、大家作體操、卡通等等的都被略過，最後回到了新聞台繼續播報著方才被中斷的快訊。

在客廳與廚房之間的流理台前，喀的一聲有人轉開了瓦斯爐開關，然後是倒油入平底鍋的聲音吱吱響起，敲破蛋殼聲後，是高溫熱油將鍋上的荷包蛋邊緣慢慢煎得焦香的剝剝聲。

烤箱設定的時間差不多了，叮的一聲開啓，然後傳出了柔軟的麵包香。

就在廚房中忙碌的那人轉過身將麵包拿出裝盤時，某人憤慨萬分的抗議也跟著響起——

「我才不要！」

清早六點鐘，位於市區外圍高價地段的第三期開發花園別墅，門牌上掛著「虞」的家中，一大早就傳來家庭戰爭的聲音。

不過目前為止還是單方面的，因為另一個人完全無視於激動的抗議，繼續著手上的工作：「阿因，你大爸跟二爸都已經決定了，你現在說不要，當心你二爸會怎樣凌虐你都不知道。」站在瓦斯爐前，削著短髮掛著年輕娃娃臉外皮的男子手抖了一下，平底鍋上的金黃漂亮荷包蛋也隨之一翻身，然後姿勢滿分地落下，吱吱的油聲還在旁邊不停地冒著。

「那是你們兩個獨裁決定！你們要帶別人回來住至少也知會我一聲啊！」大清早，為了捍衛自己地盤高舉抗議的虞家獨子——虞因指著客廳沙發上那個陌生的小孩，非常不滿地說：「好歹我也是這個家的成員，你們這樣自己決定很不尊重別人耶！」

虞因，大二生，目前就讀市內理東科技大學設計學院，生性愛玩愛交朋友，特別是女朋友，人緣好到在遊樂圈子中幾乎方圓百里內無人不知無人不曉——不過，這不是重點！

頂著一頭翹翹的棕髮，今天一早，他和平常一樣起床刷牙洗臉之後，到餐廳等早餐吃，可是一踏出房間到了樓下客廳，有那麼一秒他又以為自己眼抽筋。

一個陌生的男孩……看起來絕對還未成年，就坐在客廳裡翻閱一本他看不懂的鬼原文書，跟他講話也不搭理，所以自己就直接殺到廚房問人。一問之下，那個小鬼居然是自家兩

個老爸撿回來要收養的小孩。

當場，他馬上翻臉。

「莫名其妙撿個小孩回來養，會不會太誇張了一點啊！」平常要撿別的東西回來暫住，他還可以假裝沒看見，可是才僅僅一天，就突然要認養一個小鬼，會不會太猛了一點啊！虞因越想越有種肝火直爆的不爽感。總覺得自己不被放在眼裡，決定什麼事也沒先打個招呼。

不著痕跡地看了對方一眼，掌廚者移動了手上的工作。「其實你也不用想得太嚴重，因爲小聿牽扯到一宗比較特殊的案件，本市的收容所和養護之家不太敢收他，所以我跟你二爸商量了一下才把他帶回來。一般被收養的小孩在成年之後，可以自己選擇去留，小聿今年年底就十八了，很快就成年可以決定自己未來，你不用擔心啦。」完全無視自家親兒子跳腳的模樣，今年三十八卻長得像十八、且還有個大學兒子的虞佟，口氣一派輕鬆，老早就很習慣兒子動不動就跳腳的個性，也沒放在心上。「還有，你最好小聲一點，你二爸昨天查走私查到今天早上五點多才回來睡，你如果把他吵醒，就……」

「走私？啥時變成他的工作？」皺起眉，虞因順手拿過盤子遞給他老爹。

「聽說因爲殺人案件查到後來扯上毒品交易，所以，你二爸的小組就跟緝毒組的合作查案，因為不在我負責的範圍，所以我也不太清楚。」將早餐盛入盤子，配上汆燙好的青菜以及水果裝飾，虞佟就把盤子擺上桌。「最近這幾天他都沒什麼睡，好不容易今天早上才可以偷閒回來睡一下，所以不要太大聲了。」

忌憚於裡面正在睡覺的雄獅，虞因果然把音量壓低，不過火氣一點也沒有減少。「管他，你們帶回來那顆小玉西瓜什麼的，你們自己照顧，我才不管！」

無奈地垂下肩膀，虞佟開口糾正他：「人家有名有姓叫作少荻聿，不要隨便亂叫。」

「少荻聿？外國人？」他剛剛沒有仔細看清楚那個小鬼的樣子，因為他低著頭在讀書，所以只看到黑黑的腦袋，沒看到臉，「現在還有人姓少啊。」該不會是偷渡客吧？他等等去逼問那個小鬼會不會唱國歌跟國旗歌好了！

「不是姓少，是姓少荻，好像是他們家族有傳承什麼的關係，資料上沒寫清楚。還有，你不要想去逼問人家會不會唱國歌，他有身分證，絕對是台灣人。」完全看穿自家兒子腦袋打的主意，虞佟這樣警告他，才端著剛煮好的濃湯朝外喊：「聿，來幫我端個湯好嗎？」

話才一喊完，咚咚咚的腳步聲立即傳來，不用幾秒鐘，剛剛被取了西瓜綽號的男孩出現在廚房門口，歪頭看著他們兩個。

仔細一看，虞因才注意到那個被他排擠的小孩雖然是東方面孔，也有著一頭黑得發亮的頭髮，不過那雙眼睛……

居然是紫色的！

他眞的是本國人嗎？還是用了最近流行用的那種角膜變色片啊？

虞因盯著對方半晌，很想上前檢查那個眼睛顏色到底是眞是假。

「對了，阿因，小聿不能開口說話，你以後要讓他一點喔。」將湯端給男孩，虞佟微笑著對著兒子這般說，「這是你老爸我的命令。」

馬上把看見紫眼睛的訝異心神拉回來，虞因立刻板起面孔，繼續展現他的非常不爽，「干我屁事。」收養小鬼不跟他商量就算了，現在還要找他幫忙顧，門都沒有！

說完，爲了證明他的絕對不爽，虞因放棄剛上桌的早餐，轉身提了背包就甩門出去了。

留下兩個站在廚房的人面面相覷。

半晌，是虞佟先打破了尷尬的沉默，「不好意思，阿因就是這麼衝動，小聿你要見諒，他其實沒有什麼惡意。」

紫色的眼睛看著他，然後少年緩緩點了點頭。

虞佟伸出手，在少年頭頂揉了兩下，「放心，我相信你很快就能克服障礙重新開口。」

男孩只是靜靜望了他一會兒，然後就端著湯轉身了。

吐了一口氣，虞佟伸伸懶腰。

「好，今天也要加油！」

□

餓死了！

大爸那個混蛋！還有二爸那個更大的大混蛋！

一早賭氣出門的虞因騎著愛車飆進學校之後，第一件事情就是先到學生餐廳找吃的。端著一餐盤又不香又不好吃的食物，他踢開椅子把餐盤丟在桌上，然後殺氣騰騰地坐上椅子，引起的聲響馬上就招來四周早起覓食的學生側目。

「有什麼好看的！」把投來的關愛視線一一瞪回去，虞因抓了抓翹髮，惡狠狠地說著。

四周大部分都算是熟人，注意到他心情不好，倒也沒過來攀談，只是全把頭都轉回去用餐。

有時候，看到人發火不要白目地過去送死比較好。

「大清早火氣就這麼大，吃炸藥啊。」另一個人把餐盤學著他的動作依樣畫葫蘆拋在他桌前，然後響起的是嬌滴滴的聲音，接著拉開椅子自動自發就在他的對面坐下，「虞先生，好難得看到你在餐廳吃早餐耶，不是聽說你老爸天天都會煮愛心早餐讓你吃飽飽再上學嗎？怎麼今天這麼悽慘地陪我們大家在這邊吃速食啊？」

全世界的人都知道，虞因同學的阿爸手藝非常好，好到這傢伙常常欠扁地挑剔學生餐廳食物；而且還非常幸福地每天早上都有溫暖的家庭早餐，實在是羨煞了一票外宿的同學。難得今天看到他沒有溫馨早餐，當然先奚落幾句，不然下次這種機會不知還要等多久。

瞪了一眼面前的不速之客，虞因冷哼了一聲：「干妳屁事。」

「喲喲，好凶喔，人家可是好心關心你耶。」一手拿著小湯匙攪拌盤裡的咖啡杯，李臨玥擁有一張能讓全餐廳的人都羨慕看著她的美麗面孔，與虞因好死不死是同班同學、且兼本年度高票當選校花，勾起令人如癡如醉的漂亮微笑，愛嬌地細聲說著，當場讓旁桌的男同學整個人都酥軟了起來：「怎麼，跟你老爸鬧翻了嗎？」

認識她很久，也知道這女人個性是怎樣，壓根不吃這套的虞因繼續哼了一聲，「我要當哥了！」他口氣很衝、非常衝，衝到讓所有人都覺得他不懂憐香惜玉、想來海扁他一頓教訓他要好好愛護美女的那種。

「喔？你大爸跟二爸生小孩了？」李臨玥用一種很正經的口氣詢問，然而提出來的問題卻讓眼前正要吞下第一口飲料的虞因把整嘴的果汁都噴出來。

「去你的生小孩！」說那什麼鬼話！

他大爸跟二爸是要怎樣生小孩啊！大白天夢遊也不要說笑話出來給別人笑！

李臨玥瞇著眼睛瞧他，用百分之兩百不解的語氣回答：「不然你怎麼當哥啊。那些男男小說裡面，不是常常會出現男生對男生還會生小孩的情節……雖然就現實來講是有點不太可能啦，不過你剛剛突然說要當哥了，我當然會想到那邊去啊。」她很無辜地眨眨眼順便聳了一下肩，表示「沒講清楚都是你的錯」。

「妳看小說看到腦袋壞掉了！」虞因給了她一個大大嫌惡的表情：「還有，我大爸跟二爸是雙胞胎兄弟，要生也輪不到他們來生。妳是看到什麼奇幻小說還是驚悚小說，出現了細胞分裂的情節是不是！」什麼小說男生對男生還可以生小孩，說神話啊！

李大美女聳聳肩，沒什麼意見回他：「誰知道能不能啊……人家又沒有實驗過。」在虞因把杯子砸到她腦袋之前，她很識時務地馬上轉了話題：「你當哥了應該高興吧，幹嘛一大早坐在學校餐廳悲涼地自己吃早餐？」

她可是看這人孤單一人還外加背景悽涼有黑線落下嫌疑，活像個獨自在廚房吃冷飯的老頭，才好心過來慰問，換成別人，門都沒有。

「那又不是我親弟，高興什麼。」拿起餐盤裡的麵包，洩憤似地塞進嘴裡，虞因一想到早上的事情，心裡就火起來。「我兩個老爹不知道答應別人什麼，帶了一個高中生小鬼回家住，根本沒先跟我商量。」呸，這個麵包怎麼乾得這麼難吃，是便宜貨還是昨天賣剩的啊！

「那房子又不是你買的，人家愛怎樣帶人回家住就怎麼住，你有什麼好生氣的。」李臨玥看了他一眼，覺得這人有點小題大做：「而且你兩個老爹都是吃公家飯的，之前還不是常常帶人回家住，你應該要習慣了。」說著，還很哥兒們地拍了拍對面那人的肩膀。

聽她這樣一說，虞因也自覺有點奇怪了：「之前老爹他們雖然也常常帶人回來住，可是從沒有收養過，而且不知道爲什麼……我總覺得這次他們要收養的小鬼感覺好像有點怪怪的。」他想起了那雙紫色的眼睛，其中一點感情也沒有。一般被人指著罵應該會光火吧？爲什麼那時候那個小鬼會完全沒有反應？

「怪怪的？」喝了一口熱飲，李臨玥給了疑問句。

虞因點點頭：「感覺很陰。」

猛然燦出一笑，李臨玥呵呵地吃掉手上的法國吐司。「反正你又不是沒有看過很陰的東西，難不成你還會怕啊，跳針大王。」

皺起眉，虞因哼了一聲：「不要亂叫，誰想沒事就看見那種東西，眞煩！」

聽他這樣說，李臨玥掩嘴偷偷笑了起來。

□

虞因有陰陽眼。

多年前一次大車禍之後，原本是正常人的虞因從那時開始了不怎麼正常的生活。與其說是陰陽眼，他更常跟朋友介紹那個叫作跳針眼。

因爲不像一般的陰陽眼可以什麼都看得清清楚楚，他的是那種想到才給他看見的類型，有時一整月都看不見什麼鬼，有時是上廁所上到一半，會突然發現馬桶裡有半張臉，不然就是睡到一半，突然看到窗外掛著一雙腿。層出不窮的例子讓他從深受其擾到變成麻木不覺。反正，有看見就假裝沒看見，看見怪東西當作在看拍電影，這樣才不會太凌虐自己。

這是虞因的一貫心態。

「阿因，今天下課要不要去逢甲那玩？」下午的課告一段落，正想收拾課本去哪晃一下的虞因，桌旁出現了個酒肉損友：「聽說前幾天那多了新的歡唱店，現在去都打七折喔！」

「眞的假的？我怎麼不知道。」向來很會到處玩的虞因想了想，就是想不起來最近那邊有新店的消息。

「眞的啦，開在巷子裡，廣告打不大，如果不是隔壁班的英仔告訴我，我也不曉得哩。」酒肉損友A的阿關拍拍胸脯說：「而且昨天我還偷跑去看過，那邊眞的多了一家店，只是沒進去看而已。怎樣，去不去？」

「廢話！當然去，順便約其他人一起去。」說做就做，虞因爽快地拿出手機撥了一連串的簡訊，傳給平常就混在一起玩的其他兄弟黨。「走走，我約好了其他人，現在馬上出發！」剛好他今天心情非常惡劣，去玩一玩，把怨氣整個發洩發洩再說。

「爽快！走！」

課本什麼的一捲，虞因把背包往肩後一甩，搭了酒肉損友的肩就直接往停車場走。

才剛走近校門，虞因就愣住了。

注意到他停下的腳步以及神情，阿關停了步伐，疑惑地看著好友：「怎麼了？」

循著他的視線看去，就在大學校門旁邊，有個看起來不太像大學生的少年站在警衛室的門口，不知道在等誰。

「你朋友？」他看了看虞因，又看了看那個站在警衛室前面的少年。

奇怪了，沒看過阿因身邊有這型的朋友啊？

「不是。」一見到那顆麻煩的小玉西瓜出現在學校，原本虞因平復些的心情馬上又盪到谷底，很想假裝他是陌生人走過去當作沒看見算了。

而他也真的這樣做了。

重新邁開腳步之後，虞因明明知道那個新弟弟睜著紫色的眼睛巴巴地看著自己，可他連頭也沒有回，直接穿過警衛室門口就往外走。

他們只有兩秒鐘擦過身的時間。

有著紫眼的男孩沒有叫住他，也沒有做什麼動作，就是站在原地靜靜地看著他通過。

察覺有些不對勁的阿關連忙跟上去，一邊走一邊還回頭探看：「阿因，你眞的不認識他嗎？那個小朋友一直在看你喔？」好屌，還用紫色的角膜變色片，現在的小孩都這麼強嗎。

「不認識不認識啦，誰認識那種小鬼。」賭著一口氣，知道一定是老爹叫他來的，虞因火上心頭，直接撂下了話。

老爸叫他來，他就偏偏不管他。

他要讓大爸、二爸都知道他的抗議。

看他反應不怎麼友善，就算感覺到有異，阿關也不敢再開口。

走出校門口之後，連頭也不回，虞因快步往停放機車的停車場走去，他還挺怕自己一停步就會心軟回頭看那個小傢伙，所以乾脆橫了心直直走。

抗議就是要抗議到底，不然大人都不會正視。

哼哼了兩聲，在停車場找到他打工賺來的愛車之後，虞因才鬆了一口氣，從包包裡拿出鑰匙開了大鎖，旁邊的阿關很快跟上來做了同樣的動作。

就在拿出安全帽時，虞因突然聽見了貓叫聲。

小小的，像是幼貓的聲音。

可是又和一般幼貓軟軟的叫法不太一樣，感覺有點尖銳、又有點淒厲，讓人聽了不由自主有點頭痛起來。

一個讓人非常不舒服的聲音。

「阿因，怎麼了？」帶上安全帽之後，阿關轉頭看他像是在發呆，開口詢問。

「你有沒有聽見貓叫聲？」虞因瞇起眼睛，仔細捕捉著那個小小的聲音。

左右張望了一下，阿關搖搖頭：「沒聽見哩，你幻聽啊！」說著半開玩笑地拍了一下他的肩膀。阿關發動了摩托車引擎，轟轟的聲音馬上激烈地響起。

微弱的貓叫聲馬上被覆蓋過去。

「眞的有聽見啊，沒騙你。」覺得貓叫聲很突兀，虞因又四下張望了一下，看看是不是哪台車下面藏了小貓，不過找了半晌連條貓尾都沒見到，乾脆也放棄了。

搞不好還眞的是他聽錯了。

「管他有沒有貓，走了啦，不然等等最後一個到就糗了！」阿關直接催動油門，價值不菲的摩托車馬上就急駛衝出。

「阿關，騎慢一點啦！現在尖峰時間耶！」看見衝出停車場的車尾巴，虞因立即發動摩托車追了上去。

那個貓聲又響起來。

在安全帽的透明鏡面後，虞因突然瞠大了眼睛。

四周聲音突然安靜了下來，他只聽見空氣的聲音，以及幼貓喵喵叫個不停的淒厲聲音。

到底是從哪裡傳來的聲音？

一輛紅色客車猛然自他身邊超過，虞因不自覺地放慢了車速，就在那一秒他看見了——

四周的景色扭曲，離他遙遠一段距離的阿關摩托車後座上，正坐著一隻大貓。

看起來不像家貓而像是野貓，可是又比野貓大了好一倍，樣子似乎也不太相同……

那隻貓正對著他喵喵叫。

那一瞬間，虞因立即緊握了煞車，摩托車猛然撞上校區旁邊的人行道鐵桿，打滑了一下，他差點沒摔出去。幸好他反應夠快，馬上穩住車身，才沒有發生嚴重意外。

就在慶幸自己沒發生事故同時，一個更大的聲音從他後面傳來，煞車聲劃破了天際，一台銀色的轎車整個打滑擦過他身邊、削過他的背包，用一種極其詭異的方式撞上了前面的紅色客車，客車被巨大的衝擊力撞上之後，整個往前翻。

他眼睜睜看著好友阿關來不及迴避，整個人被翻覆的紅色小客車撞飛，帶著安全帽的人體彈飛很遠，撞上旁邊的電線桿，像失去支力的斷線娃娃，發出奇異的聲響，然後摔落。

因爲衝力太大，整根電線桿應聲一震晃動了幾下，像是斜了幾許的角度。

正逢下班放學時間，走在人行道上、行駛在車道上的人車全都停了下來，喧囂聲立即竄進虞因的耳朵。

一名離電線桿最近的女學生尖叫了起來，她的白色裙子上濺滿了鮮紅色的血花，一點一點的，就好像某種妖艷盛開的紅色花朵。

被撞飛的阿關自電線桿上摔落在地，血水像是關不住的水龍頭一般四處漫開，在地上爬出巨大鮮紅的網。

「撞死人了！」

「快找救護車！」

四周開始混亂，人行道上不敢看的學生掩面而去，純粹看熱鬧的好事者則圍過來旁觀。

一瞬間的錯愕被尖叫聲打斷，虞因立刻拔出車鑰匙、罵了一句髒話，然後拔了安全帽丟到一旁。阿關四周圍了越來越多的人潮，就是沒人去檢查他現在怎樣了。

車道上的車無情地再度流動，他只能跳腳地等著紅綠燈。

他抬頭，看見對面的人行道上出現了熟悉的身影。

那個今天變成他弟弟的人面無表情地隔著車道看他，那張白色的臉上沾了血花，而那隻詭異的貓就在他腳邊不遠的地方。

「混蛋！快去看阿關怎樣啊！」虞因氣得直接隔著車道對少荻聿破口大罵：「不要光站在那邊！快去！」

紫色的眼睛注視著他，像是不能理解他爲什麼會氣成這樣。

「快去看阿關！」

下一秒，聿拔腿鑽入人群當中。

虞因抹了一把臉，發現不知道什麼時候他已經滿頭都是冷汗。

紅燈亮起了，他快步跑過斑馬線。

今天眞是該死糟糕透頂的一天！

在那一整片血色之中，他只看見朋友倒在上面。恍惚中，四周吵嚷的聲音變得更不眞實，隱隱約約傳來了警車與新聞記者做攝影報導的旁白聲——

「今天下午在台中市私立理東科技大學發生了一起重大車禍，重傷者陳關為理東科技大學二年級生……」

晚間的新聞快報在沉靜的室內響起。

一臉疲倦的虞因抹了把臉，感覺到四周的壓力全往他身上襲來。聿在旁邊坐著，臉上身上沾滿了鐵紅顏色，卻似乎毫不在意這些，他只是在腿上放了一本書靜靜地翻閱，一點也不曉得自己身上的顏色有多嚇人。

就在不久前，他們跟著救護車從新聞上那個血淋淋的現場一起到醫院。一路上，傷患身上像是瓶子破了洞的礦泉水一樣不停地出血，怎樣都無法止住，讓虞因幾乎要窒息。

這種畫面總會讓他聯想到多年以前的那場大車禍，就算看再多次也無法習慣。

新聞快報的聲音仍然不停播送著。

「好，現在每台新聞都報得這麼大了，請問兩位目擊小朋友，哪一個要代表發言的？」拿了遙控器關掉電視，室內立即變得更加安靜。一名穿著便服身上卻帶了識別證的娃娃臉男子，挑起眉看著坐在面前的兩個小孩。

「二爸，你在說廢話嗎。」不在乎地瞥了一眼像是對待犯人、只差沒像電視演的那樣一盞小燈照在他們臉上的警員，忙了幾乎大半天的虞因只想趕快確定還躺在手術室的友人是否平安，所以口氣也不是挺好：「你覺得這小鬼可以代表發言嗎！哈！」

瞇起眼，跟自家大哥擁有一張相同娃娃臉的虞夏勾起冷冷的一笑：「吃我們的住我們的，還要拿我們當你監護人，小鬼，給我尊敬一點乖乖配合我做問話調查！」語畢，還伸過手完全不客氣地在對方的腦袋上呼了一巴掌。

虞因翻翻白眼，不過話說回來，吃人家住人家還要拿人家當監護人，種種計算下來，他最好還是配合點比較好：「就……剛剛已經跟另外一個警察做過筆錄了，還要講一次喔。」很麻煩耶，一樣的事情說來說去還是一樣，也不會變得比較不一樣，幹嘛每個人過來都還要問一次，眞是一點效率都沒有，早知道剛剛應該拿ＭＰ３錄下來，然後他們想聽幾次就自己去無限重播不就好了。

旁邊的聿抬起頭，看了兩人一眼之後又埋首回書當中，彷彿他們說什麼都與自己毫不相干。

書本被輕輕地翻過了一頁。

「你知道我要問什麼，配合警方調查是好市民的義務，快說。」從口袋裡掏出一本小筆記，虞夏按下了原子筆芯，等著記錄。

他要問的，不會和前一個員警重複。

抹了一把臉，虞因強打起萎靡的精神，然後緩緩開口：「阿關他轉出去之後，我看見一隻山貓。」

「山貓？」虞夏皺起眉：「你怎麼確定那是山貓？」貓不是都長那樣？而且最近山貓已經很少見了。

「廢話，山貓跟一般野貓又長得不一樣，我眼睛又沒有脫窗，當然看得出來！」虞因不用兩秒立即就反駁回去。

「好吧，你認出來那隻是山貓，那麼貓呢？」

虞因瞄了旁邊的小鬼一眼：「跑到他旁邊，後來急著送阿關去醫院，就沒注意到往哪邊去了。」

看了看旁邊幾乎已經沉浸在書中的聿，虞夏繞過去直接蹲在他的面前：「小聿，你有看見山貓嗎？」

聽見了他的聲音，聿微微抬起頭，然後輕輕地搖了搖頭。

「他哪有可能看得見。」從鼻子噴氣哼聲，虞因瞥了旁邊的小鬼一眼：「那隻貓好像不是存在的貓。」

「喔，是好兄弟。」虞夏立即記入簿子當中。「話說回來，爲什麼好兄弟貓會出現在你朋友的車上？應該不是要他載著去兜風這麼簡單吧？」結果就這樣一兜差點兜到天堂去了，不簡單！

白了自家二爸一眼，虞因很習慣地自動略過他的廢話：「要是我知道爲什麼，我早該已經變成上電視、月入百萬的靈媒，而不是在這裡跟你說貓要去兜風還坐我朋友車子的事情。」如果他通靈有這麼神的話，他早就用去海撈一票了！

「這倒也是。」虞夏聳聳肩，然後站起身，確定沒有更進一步的線索之後，他只好轉了另外一個話題：「對了，我叫小聿找你，要你帶他去附近逛逛順便吃飯，你辦了沒？」

虞因愣一下，沒想到二爸已經要開始算帳了。「耶……這個嘛……你也知道我一出車禍就趕來這邊……」

瞇起眼睛，虞夏皮笑肉不笑地開口：「你打算假裝不知道是吧。」他從小盯他到人，還會不清楚這小鬼是什麼死個性嗎。

「欸……也沒有假裝不知道……」

轉過身，虞夏直接問另一個事主。「小聿，你有沒有去找阿因？」

仰起頭看他，聿點點頭。

「那阿因有沒有要帶你去吃飯？」

聿轉過頭，看著一旁一臉完蛋的虞因，思考了半晌，卻不點頭也不搖頭。

「小聿放心，說實話，二爸給你靠。」虞夏凶狠地瞪了旁邊的傢伙一眼。

就在虞因以爲這次逃不過虞夏的處罰凌虐時，一個敲門聲打斷了室內的窘境，隨之門扉開啓，外頭站了一個掛著護士長名牌的婦人。「虞警官，手術結束了。」

虞夏對著她點點頭：「謝了，Miss林。」

護士長點點頭，走進來將手上的資料交給虞夏：「因爲醫生還在做注射觀察，所以找先過來告訴你們狀況，以免你們等太久。」與虞夏是老交情的護士長看了旁邊兩個小孩一眼，立即又轉回視線：「緊急送來的陳同學多處嚴重撕裂傷、粉碎性骨折加上肢體斷裂，另外就是顱內出血嚴重，而且頭部有多次撞擊造成頭骨部分碎裂，有少許的骨塊插入腦中。方才動手術已經先做了初步處理預防感染，接著觀察半日之後會再做第二次手術。」

「好，我明白了，晚一點我會去詢問主治，謝謝妳了。」翻看著手中的病例資料，虞夏對護士道了謝，大約記下重點傷處後就將資料歸還。

「對了，先前陳同學的昏迷指數是五，現在是六，另外在做緊急處理時，他說了一些奇怪的話，也不知道是什麼意思。」

「奇怪的話？」虞夏疑惑地瞇起眼睛。

「不曉得是在跟誰道歉，一直重複著『靜』、『對不起』這四個字。」護士長點點頭：「說了好一陣子才停，不過也可能是意識不清地重複反應而已。」

靜？

虞因覺得像是想到什麼，卻又抓不住那念頭。

「嗯，謝謝你們了。」虞夏對護士長點點頭，她回了禮之後才離開。

就在門關上之後，原本靜靜看書的聿突然跳下椅子，走到若有所思的虞夏身邊輕輕拍了拍他的手臂。

「小聿？怎麼了？」回過神來，虞夏看著眼前的人拿起手上的書，書本翻開了其中一頁，他指著那一頁上面某個字。

「**回家**」。

「你想回家了？」

聽見問句，聿立即點點頭。

抬起手看了腕上的手錶，指針指著清晨三點，虞夏這才察覺到整晚的時間流逝之快。

「阿因，你先帶小聿回去洗澡吃東西，然後好好睡一覺，你自己也一樣，不要再亂跑了。」

現在時間已經不早，兩個都還是小孩，的確不應該讓他們繼續滯留在醫院。

虞因立即看著他：「我的摩托車放在學校耶！」他是跟著阿關坐救護車來的，自己的愛車還寄放給警衛，怎麼帶那小子回家啊？用腳走是吧！別開玩笑了，這邊回家路很遠耶。

「走回去不會，你不是最喜歡到處亂跑嗎！」話是這樣說，不過虞夏還是掏出皮包，拿出兩張千元大鈔遞過去：「不要亂跑，讓我知道你又給我亂跑的話，你皮就給我繃緊點。」

抽過鈔票，虞因哼哼了兩聲：「知道啦。」然後他看了一下站在旁邊的討厭小鬼，心不甘情不願地丟了一句過去。

「走了啦！」

□

清晨的溫度總是很低。

一出醫院大門，虞因就打了一個噴嚏，剛剛在醫院裡面還沒這麼冷，一出來就冷成這樣，眞是見鬼了。

轉過頭，他看見聿就站在自己身邊，也沒穿得多暖和，身上還沾滿了血跡。

他突然想到車禍那時候，這小鬼因爲自己一吼而反應過來之後的事情。

說回來他還應該感謝這小鬼的，在層一圈圈只會看戲的人群之中，只有這個小鬼敢衝到前面去直接做止血動作。雖然他不知道這個小傢伙是去哪邊學來的，不過後來醫療人員抵達的時候還誇讚了他，說要不是有他臨場反應，阿關應該老早就沒救了。

思及至此，他實在是不該給人太壞的臉色才對。畢竟，小鬼還是有幫上忙，比起束手旁觀的路人，他真的出了不少力。

翻翻白眼，虞因微微嘆了一口氣，之後脫下身上的薄外套丟在小鬼身上：「穿好，不然等等司機以爲我們偕同去殺人就衰了。」

聿呆呆看了他半晌，才動作緩慢地將外套穿上。

少了外套之後，虞因更加感覺到氣溫的無情，他搓著兩手放在嘴邊呵氣。大半夜的，計程車不多，他四周看了一下，注意到大門圍牆外面還是閃著燈。「走吧，我們去坐車。」然後他邁開步伐直接往前走，如他所料，身後也跟上了輕輕的腳步聲。

眞是麻煩，無緣無故多出一個這麼大還要人照顧的弟弟，眞是莫名其妙！

不過大爸說他牽扯到一宗案件，是怎樣的案件呢……？

他最近沒在電視上注意到有什麼重大案件，也沒聽大爸二爸他們聊過類似的事情，難道這件事情還沒有公開？

或者……

走沒有多久，果然在院外牆邊停了兩三輛計程車，裡面有聽廣播打發時間等待客人的司機，也有等得太倦而呼呼大睡的人。夜半的時間，也只剩他們還在勤奮地賺微薄的載客車資。

「少年欸！要坐車嗎？」一看見他們走出來，距離最近的計程車司機立刻下車打招呼：「天氣很冷，現在晚上也沒有公車喔。」

虞因看了他一眼：「中市花園別墅會不會走？」

「當然會啊，來來，上車吧。」計程車司機咧著笑容招呼兩人進入車座，熱絡地關心著：「這麼晚了你們還從醫院出來，會不會很累啊。」

「還好啦，還不都是那樣子。」一屁股坐到另一邊車窗邊的虞因跟著閒聊起來：「對了老大，等等看見得來速可不可以進去一下？我們兩個還沒吃飯，要去買漢堡來當晚餐。」

「還沒吃喔，啊常常吃漢堡不好啦，要記得多吃蔬菜才會營養均衡。」確定兩人都坐好之後，司機才發動車。「旁邊那是你弟弟喔，長得好看欸，不過有點太瘦了，現在的小孩都瘦巴巴的只有一點點，要多吃點東西才會比較健康。」

虞因回了一笑，沒說什麼。

計程車緩緩駛動，離開了醫院區域，清晨的馬路上幾乎連一台車、一個行人沒有。天空還是黑暗的，只有路燈與車燈寂寞地劃破一片讓人窒息的黑暗。

「今天晚上真怪，一台車也沒有，平常這時間應該已經會看到兩、三台了說。」司機一邊轉動方向盤，一邊打破了車中的沉默。

看了一下手錶，三點多，虞因抬起頭看著前座的人：「大概是天氣冷大家多睡了一下吧。」他也隨口應著聊天：「大叔，你每天都在醫院那邊載客喔？」

「對啊，還要登記車行咧，不然醫院不會讓我們在外面等。」從後照鏡看了他一眼，司機侃侃而談了起來：「剛好抽到半夜班，每天當兼職少睡一點多做一點，能賺就賺，不然現在景氣不好，計程車也難做，家裡還好幾張嘴在等吃飯啊。」

「說的也是……」

看著車外，虞因又開始發起呆來。

注意到他似乎沒有繼續攀談的意願，司機便沒有再開口。

「聿，你想吃幾號餐？」半晌，看見黃色招牌燈就在不遠處，虞因推推旁邊正在眺望另一面窗子外的新弟弟問道。

聿轉過頭看了他一會兒，然後搖搖頭。

「你不想吃晚餐？」虞因挑起眉，不太高興。「你不吃我又會被罵，既然你沒指定的話，那我就隨便幫你點囉。」

注視著他片刻，聿才緩緩點了點頭。

車內立即又恢復安靜。

「開個廣播來聽聽。」大概是太安靜也覺得奇怪，司機自行轉開了廣播電台，收音機裡立即傳出了台語的歌聲，是一首老歌，虞因沒有聽過；不過，司機卻隨著節拍一下有一下無地哼唱起來。

幾分鐘之後歌曲結束，虞因感覺到旁邊突然有什麼東西捱著他，偏過頭一看，不知道什麼時候聿已經昏昏沉沉睡著，頭靠在他的手臂邊。

其實，他睡著時候看起來也不是那麼討人厭。

不過他醒著時，那雙紫色眼睛一點感情也沒有，讓人看了覺得邪門，非常不舒服。

「少年欸，到了喔。」看著二十四小時亮著的招牌，司機將計程車駛入車道，站在窗口邊的工讀生立即笑容滿滿地探出頭。

「晚安，辛苦了，歡迎光臨得來速，請問要點什麼？」

虞因捲下車窗，先小心翼翼地把車挪到旁邊靠著椅子睡，才探出頭點餐。「我要一個炸雞桶，再單點兩個漢堡跟蘋果派，另外再給我一杯熱咖啡。」

工讀生很快將餐表鍵入電腦中。「這樣就好了嗎？」

「嗯。」虞因點點頭。

「好的，那就稍等取餐。」

工讀生的動作很俐落，不用幾分鐘時間已經把餐點全部整理好遞出來給他。「請點一下餐點有沒有全部到齊。」

虞因隨便瞄了一眼，就結了帳。

「謝謝光臨，路上請小心。」

計程車駛出車道之後，整個車內充滿了香氣。

「大叔，這個請你喝。」虞因拿出熱咖啡往前放在駕駛座的飲料架上。

「那怎麼好意思咧。」計程車司機專注著前方，推說著。

「沒關係啦，這麼晚還讓您跑這一趟，喝一點東西提神也好。」虞因笑著說。

「那就謝謝啦。」司機爽快地道了謝，也不再推來推去了。

虞因正要坐回後座，這才發現旁邊的聿早就睡翻了，整個人倒在座位上佔去了大半空間，變成他沒位置坐了。

他沒好氣地翻翻白眼，將手上的紙袋放在腳踏處：「大叔，不好意思，我要坐你隔壁了。」說著，他小心翼翼地縮著身往前方的副駕駛座爬去。

看了後照鏡也知道後面狀況，司機於是放慢了速度，讓虞因安全地坐上隔壁位置。

「你弟很累喔，回去之後要好好睡一覺才不會明天沒精神哪。」好心的司機換了廣播頻道，收音機傳出了比較悠揚的音樂，音樂聲在車內飄盪著。

「嗯。」虞因估算了一下車程，因爲住家在市區外圍，所以計程車還要穿過市區才會回到家，算來還有十來分鐘的車程。

「天氣冷，椅子後面有外套，看要不要幫你弟弟蓋一下，不然感冒就不好了。」司機又看了一眼後照鏡，這樣說。

「喔，好，謝謝。」虞因拿下座位後面的外套，隨手披到聿身上。

轉回過頭的那一秒，他愣住了。

正對著他的後照鏡上，映著一隻貓。

□

清晨三點多，震耳的剎車聲在市區劃破寧靜。

一些淺眠的住家紛紛點亮了燈，想探頭看看外面是什麼情形。

「夭壽喔！哪來的貓啊！」猛然煞車的司機驚魂未定，然後鬆開安全帶下車前後查看。

因爲突來的煞車撞到旁邊玻璃，虞因有幾秒鐘整個人一片暈眩，回過神之後，司機已經在車外前後走來走去，嘴巴裡還不停奇怪地嘀咕著：「怪了，剛剛明明有隻貓衝到車底下，怎麼沒有……」

虞因甩甩頭，過了好一會兒整個人才清明起來。

後座的聿也被剛剛的煞車驚醒，睡眼矇矓地爬起身還揉著眼，一臉不解貌。

「現在爲您插播一則臨時新聞，今日早晨三點在T市發現一具無頭女屍，根據現場勘驗……」電台發出了沙沙的聲響，咬字不清地播報著夜半的即時新聞。

轉過頭，虞因看了一下被吵醒的人：「沒事，你繼續休息。」

聿倒是沒躺下繼續睡，眼巴巴地看著他，又看向車外。

「啥也沒有！見鬼了！」在外面檢查好一會兒的司機打開車門坐回駕駛座。不知道什麼時候，新聞已經播畢，又開始放起另一首音樂。

「撞到貓？」虞因看著司機，疑惑地發問。

他才一回過頭，就馬上來個超級大煞車，壓根什麼都沒有看見。

「對啊，一隻大貓突然衝到車底下，可是輪子下面沒看到，大概是逃走了，算牠命大。」司機一邊說著，一邊重新發動熄火的車。

大貓？

虞因皺起眉，隱約感覺到不對勁。

計程車發動了好幾次，奇怪的卻是發動不起來，要不就是發動起來響了幾下又立即熄火。

「幹！不會這麼衰，車子壞了吧！」司機發出咒罵聲，然後下車打開引擎蓋，一股白煙立即冒出來。查看了一下之後，他又匆匆跑回來說：「少年欸，拍謝啦，車子好像壞掉了，我現在打電話叫別人來載你們回家，眞不好意思欸。」他又是道歉又是彎腰地說著。

「沒關係，那就麻煩大叔了。」虞因倒也不介意，只是回家時間會晚一點而已。

司機立即撥了手機找人：「車行說派車過來了，大概再一下子會到。」

虞因點點頭，然後開了車門坐到後座去。

既然都要等，那就先在車上把東西吃一吃，回家洗過澡就可以睡覺了。

旁邊的聿靜靜地看著他。

「先吃一點東西，你應該也餓很久了。」虞因拿出漢堡塞到他手上，然後自己也抓起一個拆了包裝紙先咬下一大口：「大叔，你要不要進來吃東西啊，車壞了天亮找人修啊。」他向外面正在檢查車子的司機喊道。

司機朝他點點頭，仍是繼續檢查引擎。

盯著他半晌，聿低下頭小口小口地咬起食物，吃得非常緩慢。

虞因看了他一眼，很快就把手上的大漢堡啃完。一整晚都在醫院滴水不進的，現在眞的肚子餓到快穿孔了。

拿出飲料，等待的時間似乎漫長了好幾倍，虞因不禁出神想起方才在醫院聽見的訊息。

靜是誰？

他跟阿關共同的朋友裡沒有這個人啊？

爲什麼阿關會一直喊著「靜、對不起」？

不明白，畢竟兩人的生活圈還是有差，要不然就是那小子私底下認識的女朋友，不知道幹了什麼要道歉的事情之類的吧。

抬手看了一下錶，大約過了五分鐘。

就在車內安靜異常只有吃東西和包裝紙摩擦的沙沙聲同時，猛地音樂鈴響突然大響。差點被嚇出魂的虞因不用半秒就把手機抽出來，上面顯示了虞佟的字樣：「喂？大爸？」

電話那頭傳來熟悉的聲音：「你二爸說你們離開醫院了，現在人到什麼地方了？要不要給你們弄宵夜？」

虞因勾起不自覺的淡淡笑容：「現在要過市區了，等一下就到家，大爸你先睡啦，我們已經在路上買東西吃了。」聽聲音他也知道虞佟肯定整晚沒睡。

「我等你們回來開門，路上不要亂逗留知不知道。」

手機另一頭又傳來幾句提醒，然後才掛斷。

虞因收起了手機後，旁邊的聿也剛好把東西吃完。「喏，可樂。」他從紙袋裡抓出飲料杯塞給他：「別跟我說你要別的飲料，因爲我只有點可樂，袋子裡還有炸雞跟蘋果派，自己動手拿。」

才想繼續吃食，另一輛車的聲音不識相地靠近。

「少年欸，車來了。」檢查引擎的司機喊了聲。

「好。」虞因立即收拾收拾了東西，開了車門先下車，聿捧著飲料也跟在他後面下車。出現在眼前的是另一輛計程車，駕駛年輕很多，染了滿頭的大金髮還叼著根菸，看起來倒有三分像不良少年。

「老林，車壞啦？」年輕駕駛開了窗向司機打招呼：「要不要順便上車我載你回車行，天亮再叫人過來修，現在晚上不好弄車啦。」

「好啦，你先載這兩個少年欸回家，等等回頭再來載我。」司機套上手套在檢查底下的機管。

「喔，你小心一點嘿。」年輕駕駛開了後車門，朝虞因兩人點頭：「少年欸，上車喔。」

虞因立即鑽入車內，車內有很濃的芳香劑味道，讓他整個人都不舒服起來。「麻煩到中市花園別墅。」

「好，坐好喔。」

年輕駕駛熟練地轉動駕駛盤，計程車隨之移動。

下意識地，虞因回過頭看著被留在夜中的司機。

那瞬間，他瞠大眼。

他看見那隻山貓坐在打開的引擎蓋旁邊，喵喵的叫聲詭異地傳入耳中。

空氣像是被抽光了。

下一秒，原本低頭檢查引擎的司機發出淒厲的哀嚎，一股猛然噴發出來的白色霧氣將他整個上半身都吞噬掉。

「停車！」

剎車聲，第二次撕裂寂靜的夜空。

「今日清晨在中市市區發生汽車爆發水蒸氣燙傷事件，傷者林余大今年四十七歲，爲計程車司機，據報因爲……」

聿在睡覺。

全天下最好命的小孩就在他身旁睡覺。

感覺自己已經有點精神崩潰的虞因很想給他迎頭一拳，讓他也一起醒來陪著嚐嚐不眠不休的滋味。

「阿因，先喝點熱的東西吧。」將煮好的濃湯盛到碗中遞過去給他，也跟著一夜沒睡的虞佟走入室內，拿出一件薄毛毯爲睡在沙發上的聿蓋好之後，才在另一邊的座位坐下：「我剛剛接到醫院來的電話，夏說那位司機多重燙傷，不過沒有生命危險，所以你可以放心。」看著手上筆記本抄下的幾項，他這樣說著。

多重燙傷……

虞因瞪著手中的湯碗，想起自從昨日在停車場看見山貓之後，好像所有事情都開始變得異常，他遇到的人都會出事。

該不會是他帶賽吧？

應該不會吧，他記得自己今年好像沒啥會讓人帶賽的衰運才對啊。

「夏說你見到山貓？」虞佟在電視節目變成清早的小朋友來運動之後，就將電視關掉，然後開了旁邊的音響。清靜的水晶音樂悠悠傳來，讓人不禁也放鬆了心情。

「嗯，而且那個司機被燙傷之前，我也看到了。」虞因抹了一把臉，整夜沒睡又接連遇到意外，讓他煩躁起來，又累又疲倦又不爽。他只覺得一整天都在醫院來來去去的，除了莫名其妙外就是一身疲憊。

「現在山貓很少見，最接近的山區也要一個小時的車程，我看假日時等你二爸輪到休，我們一起去外面走走吧，讓你放心一下也好。」翻著冊子，虞佟將提案給寫進去。

「好。」

時間又緩緩流逝。

虞因喝了口暖暖的濃湯之後，稍微恢復了些精神，他轉頭看了一下躺在他身旁熟睡的聿，想起來有件要問的事情。「對了，聿他家是發生什麼事情？」

「呃……這件事情啊……」虞佟明顯有些遲疑：「這件事情還是機密，連媒體都沒有曝光，你不要出去亂講喔。」

「喂喂，我是你兒子耶！」虞因翻翻白眼，沒力地嘆口氣。

「嗯，好吧。」虞佟點點頭，然後緩緩開口：「其實，小聿被捲入一起殺人命案，凶手……是他親生父親，我們接到報案後趕到現場，看見他父親一個人殺光了家裡上下四口，包括母親、兩個姊姊與一個哥哥，另外還有來訪的客人一家，共計九人喪生，死法全都是活活被開膛拉出心臟，當場就沒救了。殺光所有人之後，他父親在自己身上灑了汽油，警方破門而入時，他已經點燃汽油變成一團火球，撲滅後送到醫院時，已經沒有生命跡象了。」

虞因瞠大眼睛，雖然因爲兩個爸爸都在公家吃飯常常聽見殺人案件，不過這麼凶殘的少之又少，聽了讓人頭皮發麻。

「之後警方清查現場，發現小聿被鎖在客廳旁的浴室裡，門外還被加上好幾道鐵鎖，鎖上查出是他父母親的指紋。浴室門的下面排氣孔是半透明的小通風窗，有被撞擊半毀的痕跡，所以估計小聿應該是目睹了整個行凶經過，只是怎樣都問不出來，所以我跟你二爸商量之後才將他帶回家。」

一口氣聽完大略經過，虞因不由得同情起稍早還被他唾棄的小孩，見他睡得香熟，就覺得自己像是小氣又愛忌妒的白痴一樣。「那……沒有查到什麼嗎？」

他不解，爲什麼一個父親會這樣凶殘地追殺多條人命，連老婆小孩都不放過？

「目前還不知道原因，不過解剖之後發現小聿的父母都有長年的毒癮症狀，但是他家沒有查出任何毒品，檢測之後也不曉得是什麼毒品，應該是新的藥類，這可能是毒癮發作造成的慘劇。」翻翻冊子，虞佟繼續說著：「再多就沒有了，目前警方仍在追查當中，如果發現有新的問題點會再持續追查下去，直到破案。」

「嗯……」虞因盯著身旁熟睡的人，不由得靜默了下來。

就在兩人都若有所思的沉默之下，一道悠揚的音樂響起。

虞佟起身去接他的手機。

虞因把碗裡的湯喝乾淨之後，正想去拿件衣服洗澡，也發現身邊有些騷動，原本睡得深沉的聿揉揉眼爬起身，一臉迷濛地看著他。

「醒了？先去洗澡，要睡等等去房間睡。」剛剛才聽過他悲慘的經歷，虞因也不由得放軟了口氣，心裡比較沒那麼討厭他，反而還覺得他很可憐。

乖順地點點頭，聿站起身，將沙發上的毯子摺好之後，左右張望了一下。

「二樓走道進去右邊第一間就是你的房間，第二間是我的房間，另一邊是大爸、二爸的房間，你可以去拿我的衣服來穿，不過應該會大一點就是了。」雖然新弟弟是快要滿十八歲的半個成年人，不過整個人瘦到可以，還小了他一大號。

聿點點頭，自行往樓上走入第二個房間裡尋找衣服。

就在聿進入浴室不久之後，虞佟也走了回來：「你二爸去檢查汽車爆發水蒸氣的原因，晚一點要回組裡報到，今天可能不回家了。等等我給他送點東西去現場就直接上班，你自己斟酌看看今天要不要跟學校請假休息一天。」簡單交代完事情之後，他走進廚房去翻了個便當盒出來。

「二爸要去計程車事故的現場？」虞因挑起眉。

「他說計程車是你坐的，順道跟同事繞去看看原因，很快就好了。」開始整理愛心便當，虞佟很快地回答他。

虞因看著自家老爸的動作，腦袋裡轉了幾轉。「大爸，你要去現場給二爸送便當嗎？」

「嗯，不然他昨晚到現在也什麼都沒吃，反正剛好上班順路，一起送過去給他。」虞佟很快將便當給打包好，這樣回答。

「那我可不可以跟？」

「啊？」

□

「你又跟來幹嘛！」

與同僚正在現場檢查狀況的虞夏，一看到某兩隻又跟來的小鬼，沒好氣地直接開口：「不是聽說有人整夜都沒睡嗎，還跑來現場，給我滾回去睡覺，不要在這邊礙手礙腳！」

「來看看車子不行嗎，我還年輕有本錢，熬個一兩天不睡，精神還比老頭好咧。」虞因朝自家二爸吐吐舌。後面那隻也硬是要跟的聿還在揉眼睛，剛剛在大爸的車上他又睡了好一下，標準的睡魔纏身。

虞夏翻翻白眼，旁邊的同事因爲兩兄弟都是同僚，大多也都認識虞因，沒多加刁難就賣了他們面子，讓兩個小的在旁邊觀看。

反正也只是意外事故，沒限制得那麼嚴格。

「檢查得如何？」虞佟把手上的便當袋交給自家小弟，順便把路上買來的飲料分送給現場的幾個檢調同事，立即就引來同僚們的感謝歡呼。

比起惡鬼般的虞夏，顯然雙生子中的虞佟受人愛戴得多。

「看來看去都只是一起意外而已，就是過熱引起的水蒸氣爆發，沒什麼特別的。」虞夏聳聳肩，覺得自己繞來這一趟有點多事，還不如先回辦公室瞇他個幾分鐘來得好一些。

「的確是意外。」接過同僚遞來的檢驗報告翻了一下，虞佟立即就認可這說法。畢竟水蒸氣爆發也不可能是被動手腳，再怎樣看也就是樁意外事故，應該很快就可以結案了。

沒管大人們在聊些什麼，虞因就逕自繞著車子上下看了一圈。

清晨那時他看見山貓出現在車旁，所以他總覺得好像有哪邊不太對勁。

時間越來越晚，市區的人潮也逐漸多了起來，大多停下了腳步看了一會兒，覺得沒有熱鬧可以看之後，就又離開；也有好事的附近居民來問個幾句，回答是意外之後就打發掉了。

聿也跟在他身邊繞著車子走。

不知道是不是對他改觀了，還是真的找不到蛛絲馬跡覺得無聊起來，虞因下意識就轉頭詢問聿：「你昨天應該沒注意到有隻貓吧？」

愣了一下，那雙紫色眼睛的主人搖搖頭。

果然沒有別人看見那隻貓。

就在虞因第三度繞車時，突然注意到計程車的後面置物箱半啓，開了一條縫口，裡面黑漆漆的什麼也沒有。

「汪叔，你們剛剛檢查後車箱啊？」拉了拉手上的手套，虞因有點手賤地翻開了後車箱，裡面什麼也沒有，就只有些像是雞毛撢子、清潔劑之類的車用品，非常普通的後車箱，什麼可疑之處都沒有。

「沒啊，是車子前面出事，我們剛才只檢查前面引擎蓋。」熟識的鑑識人員這樣回答。

沒開？

那不就是從昨晚到現在都沒關？

明明記得昨晚司機大叔檢查的是前蓋，也沒看見他開後面……

「奇怪，大叔忘記關嗎？」看了一下沒有任何奇怪的地方，虞因隨手就把後車蓋蓋上。

就在他正要移開視線時，一雙奇異的眼猛地出現在將要關起的後車箱中，冷冷瞪著他。

那不是貓的眼睛，是人的眼睛。

「！」

虞因有一瞬間以爲是自己看錯，沉重落下的後車蓋掩去那雙眼睛，取而代之的卻是一隻蒼白的手突然從裡頭竄出，抓住他的手往裡面拖去。

眼見落下的車蓋就要夾住他的手掌——

「阿因！危險！」注意到異常的鑑識人員立即脫口大叫，不過卻來不及趕上。

叩的一聲，落下的車蓋發出奇異的聲響。

立即感到痛楚的虞因嚇了一大跳，不過痛感卻沒有他想像得劇烈。

車蓋還剩下一條縫，他順著縫看過去，看見一本書給夾得單邊翹起來，可見車蓋落下的力道之猛。

那本書是聿的，他還執著翹起來那端，就這樣看著虞因。

「阿因，有沒有怎樣？」虞夏率先跑過來，一把就將整個後車蓋掀起來：「這麼不小心，有沒有夾斷手指？」

車蓋被翻起來之後，就像方才所見，裡面什麼都沒有，更別說有什麼眼睛或是手的。虞因將手縮回來，手指上面有一道擦傷的血痕，幸好那本書來得及時，不然他現在多半要送醫接手指了。

「小聿，謝謝你。」緊接著趕來的虞佟看著那本變形的書本，拍拍站在一邊的聿。

仍是沒什麼特別的表情，聿只是收回了書本，有點可惜地撫撫上面被壓壞的痕跡。

「怎麼這麼不小心？」一把拉掉虞因的手套查看受傷狀況，虞夏皺起眉，然後向旁邊的同僚借了衛生紙讓他壓傷口。

「大概是手滑吧，就沒有注意到咩。」虞因聳聳肩，眼睛卻一直盯著那個奇怪的後車箱。「對了，二爸，可不可以麻煩汪叔他們順便也檢查一下後車箱？」

「後車箱？」

「呃……我也不會說耶，反正你們檢查看看也不會少一塊肉，幫個忙啦。」很在意剛剛那雙眼睛，虞因怎麼想都覺得那很像是雙女生的眼，而後來的手也是，雖說是突然抓了那一下，可是因為嚇了一大跳反而記得很清楚。

那隻手有點小。

冰冷的，卻不像男孩子那樣粗獷。

虞夏瞇著眼睛看了他一會兒，然後才轉過頭喚住正要收工具的同僚：「阿汪，麻煩把後車箱也檢查一下。」

幾個人停下來，疑惑地對看了一會兒，倒是也動作了。

「這邊我們會處理，你先去醫院包紮傷口，不然細菌感染就糟糕了。」虞佟攔下路過的計程車，抓出了幾張紙鈔塞給聿：「小聿，你陪阿因去醫院，不要讓他逃走知不知道？」

聿點點頭，然後眨著眼睛盯著旁邊的虞因。

「吼！我是大人了欸！」

某人發出不滿抗議聲。

□

虞因突然覺得這兩天真的是跟醫院越來越有緣。

半途招來的計程車載著他們到昨晚阿關住的那家醫院。這是他的意思，反正都要去醫院包紮，他就順便去看看阿關現在怎樣好了。

因爲傷口還在滴血，所以計程車司機直接將他載到急診處。

「在這邊乖乖等我，不要亂跑。」進了急診室之後，虞因吩咐那個沒什麼反應的小孩在門外等他，然後就隨護士一起進了診療室。

聿就站在原地目送他離開。

怎麼總覺得好像是自己多了一個小跟班？

很想大嘆口氣的虞因被護士按在椅子上，打了幾針消炎的、麻醉的之後，就有個醫生出現在他面前，二話不說開始幫他縫傷口。

因爲上了麻醉藥，虞因完全沒有痛覺，只是覺得有種說不出所以然來的怪怪感。

「你要記得明後天回來複診，大概一週就可以拆線了。」動作很快的醫生這樣吩咐他，然後開了止痛藥，就叫他去外面等候。

他走出診療室，果然看見聿還站在原地乖乖等他。

「我現在要去看阿關，就是昨天車禍的那個人，你要不要自己先去買東西吃，還是要在外面等？」虞因支著像是木乃伊的手詢問。畢竟他又不是什麼好玩的地方，所以也不太希望有人跟著一起過去。

聿搖搖頭。

「你也要去看阿關？」

點頭。

「你眞的很愛跟耶！」

……沒有回應。

無奈地朝天嘆了一口氣，虞因只好認了：「算了，隨便你跟，不要走丟就好了。」

只稍打聽一下，就知道昨晚被送來的阿關現在正在觀察室不能會客，在昨晚那位護士長的帶領下，他隔著一面玻璃看著觀察中、全身插滿管線的好友。

「陳同學等等就要進行第二次手術，不過現在看起來狀況都還好，如果沒有惡化，應該是能救活，總之一切就是盡人事聽天命了。」護士長站在一邊這樣告訴他，隨之也嘆了口氣：「可憐喔，年紀輕輕的就發生這麼大的車禍，到現在還聯絡不上他父母……」

虞因自然知道阿關家是怎樣，他父母都喜歡在外面賭博玩異性，有時候大半月不回家消失無影無蹤是很正常的，平日的生活費幾乎都是阿關自己去打工，不然就是偶爾他爸媽回來會塞幾千元給他。

如此而已。

所以阿關喜歡到處玩，甚至不回家，有時候寧可在外面過夜，或是隨便找個地方窩，也不見他提要回家。這些他們都知道，只是大家都是出來玩，所以也不會多問。

想當然，現下他父母應該還是如往常一樣，不曉得到哪邊取樂去了吧。

提領了打工的錢先幫忙墊了基本醫療費，虞因又向護士長詢問了一些那天送醫之後的一些細節，才離開觀察室。

到了外面，虞因看見聿仍坐在走廊等他，不過旁邊卻多了五、六個看起來就不太像善類的人。大多是跟自己差不多年紀的年輕人，每個都染上金色、綠色、紅色之類怪異色澤的頭髮，甚至有的人穿戴名牌，在醫院走廊上看起來格外突兀。

虞因認得這些人。

他們是阿關打工地方的同事，之前阿關曾幫他引薦，可是感覺不好，只見過一次面就沒

再聯絡了。他記得帶頭的那個人好像叫作……

「你是不是阿關的朋友？那個叫作虞因的？」一個染了亮金髮色的青年迎上來，口氣不怎麼好：「我是他打工的老大，叫王鴻，之前我們見過一次面。」

對了，就是王鴻，其他的人他就沒印象叫什麼了，因爲那時候想說一堆阿貓阿狗又不是同一掛的，記了也沒用，就沒費心去記名字。

「請問有事嗎？」虞因看著聿站起身走到自己身後，感覺像是他不喜歡這票人。

不只是聿，幾個路過的人也都紛紛閃避，不遠處還有幾名護士一直留意這邊，像是怕他們在醫院滋事。

「我今天早上在電視新聞看見阿關出車禍的事情，所以過來看看，你有去看阿關嗎？我問那些護士，那些死護士就是不告訴我病房號碼！」王鴻冷哼了聲，瞪了眼路過一旁的護士，對方立即加快腳步避走。

虞因挑挑眉，如果他是護士，他大概也不會想告訴眼前這票人，而且還可能會順便叫警衛來送他們一程到醫院外面。「阿關現在在觀察室不會客，可能要等手術完才能見客吧。」

「這樣喔。」王鴻環著手皺眉，像是在思考什麼事情：「那等他清醒之後我再過來找他好了。」

「你有事情要跟他說嗎?」沒提點對方阿關的狀況不是很樂觀，虞因反而因對方突然來醫院感到有些不太對勁。

「沒事。」猛然出聲反駁，隨即意識到自己反應過頭，王鴻緩下語氣說：「因爲他突然住院會影響排班，我是來看看狀況，看要留職停薪，還是找人代班，也比較好跟老闆說。」

「喔。」

他想想，他記得阿關之前好像是在一家電子遊樂場打工?

「如果阿關清醒再告訴我，這是我的手機號碼。」王鴻遞了一張名片過去，上面印著某電子遊樂場的名字與王鴻兩個字，下面則是一排手機號碼。「我們的店就在附近而已，要是有什麼狀況也可以打來，我馬上會過來。」

「好。」虞因收了那張名片，瞄了一眼之後就放進皮夾裡。

「我們還要回去工作，先走了。」

朝他一揚手，王鴻和那群人就轉身往電梯走去。

就在他們轉身、虞因看見王鴻背影同時，腦中驀然閃過什麼。「王大哥，等一下!」

王鴻猛然回過身，一臉莫名其妙地看著他：「幹嘛？」

「你認識一個叫作靜的人嗎？」

聽見他的問句，王鴻立即狠狠地愣了一大下，過了好半晌才吞吞吐吐地冷哼了一句：

「聽都沒聽過！」

然後，立即轉身就走。

虞因看著一行人遠離，心中開始泛出不安的感覺。

然後，他聽見了貓叫聲。

從醫院出來時已近中午。

虞因看了一下手錶，大約十一點半多。

「我們先去吃飯，然後回家補眠。」他搭著旁邊聿的肩膀，就近找了一家日式餐館。

大約是近午了，餐館中客人不少，整個一樓都被坐滿，滿場跑的服務生招呼著他們上人比較沒那麼多的二樓座位。

就座之後，虞因打開點餐表遞給聿，自己先點了份海鮮套餐。

聿稍稍看了一會兒，點了一模一樣的東西，就讓服務人員收走點餐表了。

店內傳來輕柔的日本音樂，伴著韻味十足的歌聲，迴盪在整個空間當中。

拿出了記事本，虞因在上面寫下王鴻的名字以及聯絡電話，又寫下阿關的名字，開始猜測他們兩個是不是有什麼秘密。

今天那個王鴻的態度很奇怪，他總覺得阿關說的那個「靜」，王鴻應該也認識，不然不會急於否認。一般人應該會表現陌生與不解，而他則是大大錯愕，像是沒想到對方居然會問到這個人一樣。

翻看了那張名片，後面還印著電子遊樂場的地址，離這邊頗近，大約步行五分鐘左右就到了，難怪剛剛那個人會說有問題打給他馬上就會趕到。

沒多久，兩份海鮮套餐就送上桌，香濃的氣味立即勾動了食慾，虞因頓時就突然覺得自己其實挺餓了。

「開動！」他刷開竹筷，很高興地喊了聲。

坐在對面的聿看了他一眼，輕輕地分開竹筷，不疾不徐地吃起自己的東西。

「對了，我今天還沒跟你道過謝。」虞因伸出自己被包得像木乃伊的手在聿眼前晃了晃，成功地引起了對方的注意力：「感謝你救了我的手，那本壞掉的書我再買一本新的還你。」要是真的被夾下去，現在大概就不只變成木乃伊爪，而會整隻斷掉等待入廠維修了。

聿搖搖頭，伸手越過桌面拿起他的筆，在記事本上寫下了幾個端正的字體：「沒關係，已經看完了。」

搔搔頭，虞因反倒不好意思起來：「別這樣說，我本來還想跟你道歉咧。不然這樣好了，回家前我們去逛一下書局，看你想要買什麼書，我買給你當作賠禮好嗎？」他注意到那本書不是家裡的，也不是大爸或者二爸會看的書，應該是聿自己帶過來的；弄壞人家的書，他也是有點過意不去，所以才再三說著。

望著他半晌，聿又偏著頭想了好一會兒，才點點頭。

「嗯，那就這樣說定了。」

就在兩人氣氛逐漸好轉時，放在桌邊的手機突然又大響起來，虞因咬著湯匙接起手機，彼方立即傳來虞夏的聲音。

聽著聽著，虞因猛地皺起眉。

「計程車後車箱檢測出大量血跡反應？」

警方找到了血跡反應。

聽見這個訊息之後，虞因有種腦袋裡轟了一聲的感覺。

他總覺得自己好像該去尋找什麼東西。

遺漏了些什麼？到現在一點頭緒也沒有，但就是有這種奇怪的感覺。

「汪叔他們在後車箱裡檢驗到大量的血跡反應。」打來的電話只是傳遞了這樣的訊息，因爲還得更進一步確認，所以他們把車拖回去檢驗，必須等報告出爐才能知曉。

在餐廳接到電話之後，虞因倒也沒有四處亂跑，帶著聿回家好好睡了一覺，約莫晚上七點鐘左右，他在巷口處買了小吃，就把還在睡的小鬼挖起來吃東西。

「你覺得這代表什麼？」平常這些話是跟大爸或二爸一起討論，不過今天那兩個雙雙不在，憋不住的虞因於是就看著坐在對面的聿，隨口問道。

正在吃滷味的聿抬起頭，用一種疑惑的眼神回望他。

「好啦，我知道你不懂，不過，檢驗到大量血跡反應就代表那輛計程車曾經運送過什麼會出血的東西……例如像是……」人類。

虞因爲了自己隨意猜測而愣了一愣。

其實在化驗完畢之前，他也不該亂猜，搞不好是某種動物的血也說不定。畢竟有誰會把人放在後車箱運送，又不是死屍說。

這樣說回來，搞不好有可能是雞啊魚啊那種菜市場經常會出現的東西，他記得上次大爸跑去市場買雞要給全家進補，結果沒包好也把後車箱弄得到處都是血水，還被二爸抱怨了好一陣子。

「阿關、王鴻、林余大……他們身邊都出現過山貓，究竟這三個人有什麼關聯？」甩甩頭收回思緒，虞因支著下巴咬著筷子一晃一晃，怎麼想就是難以將前兩人與司機扯在一起。

一個是司機、一個是同學，而另外一個是管理電子遊樂場的人，乍看之下，除了同學在遊樂場打工以外，彼此之間並沒有什麼關聯。

總不可能司機也是在遊樂場打工吧？

好吧，要眞的是他也就認了……世界上沒可能眞的這麼巧吧！

看他像是在苦惱，聿拿出筆記本在上面寫下了幾個字：「阿關工作地點的名片？」

瞇著眼看完那些字，虞因夾出了豆干塞到嘴中，有點口齒不清地回答著：「你說王鴻給的那張啊？那是電子遊樂場，未成年的小朋友不可以進去喔。」

聿白了他一眼，沒有繼續寫下去，低下頭又專心地吃起他的東西。

「是說，那個叫作靜的人又是誰……？」阿關認識的人有哪些是叫靜？就他印象中好像完全沒有，該不會是在打工地方認識的吧？

嗯，很有可能，這樣就可以把王鴻的反應連結在一起了。

這樣一來，問題又繞回原點了，阿關爲什麼昏迷中會向那個靜道歉？王鴻爲什麼要假裝不認識這個人？

難道這個「靜」有什麼問題嗎？

就在思考這幾方面事情的同時，門鈴的音樂聲突然響起。

「大概是大爸他們回來了。」虞因丟下筷子起身去開門，不過拍開對講機一看後卻皺起眉，疑惑地看著上面的顯像面板。

站在他家門口的不是大爸也不是二爸。

是一個染著綠髮的陌生人。

綠髮？

喔喔，他想起來了，今天早上才在醫院見過，是那個什麼王鴻身邊的「咖」，套句二爸常說的話——遇事沒種的小貨色。

「你是哪位？找誰？」虞因打開了對講機，很直接地問話。

外面的陌生人緊張兮兮地拿出一張紙看了好半天，又對了一下他家門牌，才不確定地開口：「請問虞因在家嗎？我是陳關的朋友，何霖研。」

找他的？

「不好意思，我不認識你，你請回吧。」說著，虞因就要掛斷對講機。

因爲跟大爸二爸聽多了，他深知最好不要和這種人多往來，不然一定會很麻煩。

「等、等一下！我們白天在醫院見過面，我、我在阿關的櫃子裡找到你的住址，所、所以……」對方緊張的聲音傳過來。

虞因皺起眉，他從阿關那邊刻意找自己的住址幹嘛？

算了，看在他那麼認眞找自己的份上，還是聽看看他要說什麼好了。

「進來吧。」說完，虞因順手打開了鐵門：「記得關門。」

就在他回到沙發上坐下時，方才還在鐵門外的訪客已經站在門口，遲疑了一下便自己推開紗門走進來：「你、你好。」

他的神色有些慌張，且不斷頻頻回頭探望，好像是怕有什麼東西會跟上來似的。

「你找我有什麼事情？」將吃到一半的東西先放在旁邊，虞因起身走到廚房替客人沖上一杯暖茶。再出來時，聿已經將桌子收好，與他擦身而過把晚餐挪去廚房，以免失禮。

接過熱茶，何霖研立即喝了一口，一會兒才鎮定下來。「我、我聽阿關說過，他有一個朋友有陰陽眼，最近這幾天我老是覺得有東西在跟我，後來阿關又出車禍，所以我……」

阿關那個喜歡亂講話的傢伙！

虞因沒好氣地在心中暗罵了一句，表面上還是維持著基本笑容：「其實我也沒什麼陰陽眼，你大概被阿關唬了，畢竟那種東西哪有可能隨便誰就有，你說有東西跟著你，那你要不要去廟裡拜拜求個平安符比較好？」他瞇起眼，注意到眼前的綠髮青年臉色似乎有點泛黑，感覺不是很好。

「我……我去拜過了，可是沒什麼用，本來想找阿關的朋友幫我看看……」他頓了頓，像是有話難以啓齒。

很想問他是不是做了什麼虧心事才這麼害怕，不過，虞因還是忍下來沒脫口吐出太過尖銳的話語。「我是認識一家不錯的廟啦，如果你眞的有心想要找，我可以幫你介紹過去看看。」那間廟眞是超靈，因爲以前他撞好兄弟還是被沖煞到，大爸都是帶他去那邊保平安的，一次就解決，連後遺症都沒有。

「眞的嗎？那就拜託你了。」何霖研好像鬆了一大口氣，整個人往後癱了過去：「老大都不相信這事，害我連講都不敢講。」

「你是說王鴻？」挑起眉，虞因繞著圈想套點話。

「嗯。」點點頭，綠髮青年又瑟縮了下：「老大一向不相信這些東西，也不准我們私下講，被聽到可就完蛋定了……所以千萬別跟老大說我來找過你的事情，我怕老大會拿我開刀。」

虞因點點頭，反正他們跟自己的交際圈不同，也很難有機會碰面。

青年又喝了口茶，看起來像是鎭定下來，比起剛剛那種神色倉皇要好上許多。

腳步聲響起，虞因轉過視線，看見聿剛從廚房走出來，大概是把東西給整理好了。「你們好像挺怕那個王鴻？」他注意到跟著王鴻的那些人幾乎都不說話，就連在醫院裡面也是，他們只是陪著壯勢，卻什麼也沒有做。

這是很標準的拱出首領的動作。

聞言，青年考慮了半晌還是點點頭：「老大是遊樂場老闆的兒子，我們哪敢不聽他的話，尤其我們都還在他手下做事，啥都在他手上……不是，我的意思是說錢啊什麼的，得罪他就一毛都沒有了。」

原來是大老闆的兒子，依照他對阿關打工地方的了解，那個王鴻人約也跟黑道脫不了關係，看他那副囂囂張張的模樣就頗有那種味道。

就在虞因想說些什麼時，旁邊突然發出一個咚的聲響，轉過頭去，看見本來要往這邊走的聿不曉得撞到什麼，整個人摔倒在地上，聲音之大，光聽起來就很痛。

「聿，你在——」

「幹什麼」三個字還沒出口，屋子裡突然啪的一聲，瞬間就是一片漆黑。

跳電了。

「你們兩個待在原地不要亂動！」

虞因立即就對兩個不熟悉屋子的人喊道，然後自己摸黑往電視櫃那邊走去；爲了因應這種突發狀況，大爸平常都會在家裡幾個固定地方收納手電筒和醫藥箱。

摸著黑走到電視櫃邊，虞因很快就找出備用手電筒。「你們兩個不要亂動喔……」將東西取出之後，他打開手電筒開關。

一張死白的面孔猛然出現在眼前。

嚇了一大跳，虞因立即倒退一步，那張臉只幾秒鐘就從他面前消失，快得連樣子都沒有看清楚，然後又是那個熟悉的奇異貓叫聲。很近、非常地近，就彷彿那隻山貓貼在他腳邊喵喵叫一樣。

那是什麼東西?!

本能立刻就告訴虞因，要出事了。

「啊啊啊啊啊啊——」

就在虞因鎮定下來的同時，沙發那邊突然傳出極爲淒厲的嘶嚎聲，聽起來有點奇怪，像是被人扼住喉嚨一般壓抑：「靜、靜……放過我、放過我……」

「何霂研！」聞聲，虞因立即大吼。

就在他想轉頭的同時，早先被車蓋壓傷的手掌突然一陣劇痛。手電筒就像是被人狠狠拍開似地從他手中脫落，叩咚一聲掉在地上滾了好幾圈之後，突然熄滅。

室內是一片的黑。

「靜、靜！」何霂研的叫聲越來越慘烈、也越來越嘶啞，到最後整個屋子裡都是他粗喘著氣的嘶聲：「靜、靜……」

「何霂研！你撐著點！」顧不得滾落的手電筒，虞因一把抓起放在旁邊的花瓶，急忙摸索著要去救人。

他不知道何霂研到底出了什麼事情，不過從聲音判斷，好像是有什麼東西掐住他。

虞因才踏出第一步，猛然腳邊有個東西狠狠地絆倒他，他整個人摔在地上，手上的花瓶脫手而出，在不遠處發出清脆的碎裂聲。

一個物體重重地壓在他身上。

「走開！」虞因掙扎著，就是掙脫不掉那東西，連爬也爬不起來：「混蛋！給我滾開！」他氣急敗壞地拍著地面怒吼。

身上的東西太過冰冷僵硬，讓他整個頭皮發麻，猜到某種他根本不想猜的東西。

「啊啊啊啊啊啊啊啊——」

就在那一刻，屋中的電燈猛然閃動一下，僅僅一秒之間，虞因抬起頭，看見發黃的屋子內牆壁上全部沾染了血液，何霂研躺在沙發上滿臉驚恐地瞠大眼、張大嘴，舌頭幾乎是半吐而出。

他身上跨坐了一個長髮女人，黑色的髮將她整張臉完全覆蓋，蒼白到幾乎可以看見血管的手從身體中伸出緊緊掐著綠髮青年的咽喉，直到何霂研口中開始溢出白色的泡沫，眼睛也逐漸翻白。

那麼一瞬間，他見到那人不是在他們家的沙發上，後面的牆也不是他們家的牆。

這是哪裡？

啪一聲，屋子又轉爲全黑。

數秒之後，電燈開始閃爍，原本應該是冷色的日光燈閃起了赤紅的色澤，整個屋內好像都染上了鮮血一般，那個女人像是存在又像是不存在，一下子現一下子隱。

虞因明白自己看見什麼。

就在他拚命要掙脫身上那玩意的同時，他瞥見身旁有個黑影搖搖晃晃地站起身來。

對了，聿！

尚不明白發生什麼事情，不過大約也猜得到一二的聿撐著地板，努力站起來左右張望之後，連忙走到門邊，想打開電箱，把電燈恢復正常。

喵喵的聲音猛地加大。

「聿！不要碰！」

那瞬間，虞因看見電箱裡出現了山貓的臉。

然後，他昏厥過去。

□

不知道昏了多久，當虞因悠悠醒來時，屋內已經恢復正常。

電燈是大亮的，不會閃血光，牆上也沒有那些鐵紅的色澤。

還有，這是他家。

他爬起身，用力地甩甩頭，整片背部痛到最高點，原本已經包紮好的手又重新綻出血絲，整個紗布看上去怵目驚心……他幾乎可以聽到大爸又要唸人的聲音了。

四周好安靜，一點聲音都沒有，沙發上的何霖研也早就不見人影。

那些都不重要。

「聿！」他轉過頭，看見聿倒在牆邊的地上。白色的牆面上，開啓的電箱門一搖一晃，裡面什麼也沒有，更別說有山貓的影子。

顧不得疼痛，他連滾帶爬地衝到聿身邊一把將他扶起。「聿！快醒醒！」他看見那張白色的臉上有著像是被抓過的短短傷痕，鼻子上也流出一絲腥紅。

一把將聿抱起，虞因直闖自己的房間，踹開房門之後也不管其他的，連忙就先把他放上床安置好，然後聽他呼吸聲。

「還好……有呼吸……」虞因鬆了好大一口氣，稍微做了基本檢查之後，發現聿應該只是昏厥，就放下一大半的心來。

抽了幾張面紙，他小心翼翼地把聿臉上的血跡擦掉，只剩下那些抓傷。

就在虞因想去拿些藥進來替他療傷時，樓下傳來開門的聲響，然後是鑰匙撞擊的聲音，接著是再熟悉不過的叫喚。

「阿因、小聿，我們回來了，給你們買了宵夜——」率先走進來的虞夏見大廳沒人，就把背包往旁邊一丟，直接上他們房間，後頭跟著的虞佟順手關了門。「阿因？你們在幹嘛？」

房門是大開的，他不用踹門就看見兩個小鬼一個躺在床上，一個站在床邊。

「出了一點事情，對了，二爸，你們剛剛回來時，在門口有看見別人嗎？」虞因想起了剛剛看見的驚心畫面，何霖研不知道怎麼了，不會眞的被那個女鬼給掐死了吧？

「人？沒有啊？你有朋友來嗎？」

虞因搖搖頭。

聽見兩人斷斷續續的對話，虞佟也從樓下走上來：「發生什麼事情了？」

「就剛剛……」消去聲音，虞因搖搖頭：「算了，講了你們也聽不懂發生什麼事情。」

兩兄弟對看了一眼，臉上都是疑惑。

「小聿的臉怎麼了？有個爪子痕跡。」細心的虞佟立即注意到床上那人的異樣。「等等，我去拿醫藥箱過來，也不知道有沒有破傷風……待會跑醫院一趟去打個針好了……」說著，就先走出房間。

虞夏瞇起眼睛來回看了兩個小鬼好半晌，倒也沒有繼續逼問。

「我是聽不懂沒錯。」他說，然後用力揉了一下虞因的頭頂：「不過，大爸二爸總會擔心你們吧！」

按著被扭得發痛的腦袋，虞因無辜地眨眨眼，嘆了口氣：「剛剛有個人來找我，說是阿關的朋友，後來……」

他大略描述了剛剛發生的事件始末。

那場面描述不出來，但是一想起來，連自己都發寒。

一邊聽著他說，虞夏皺起眉，平常聽這傢伙講一些靈異事件已經聽到習慣了，沒想到這次會這麼嚴重：「你說那個人是阿關的朋友？」

虞因點點頭：「不過很奇怪的是，他說了跟阿關很像的話。」頓了一下，他搔搔頭，其實不是很想談。「他拚命尖叫，一邊叫一邊喊『靜』、『放過我』這樣。」

「靜？」

怎麼又是這個字？

兩天以來發生多起的事件，頻頻出現的字眼也讓虞夏開始感覺到不對勁。「對了，忘記告訴你，今天那輛計程車後面發現的血跡已經百分之七十證實是人血，現在正在更進一步化驗，等完全確定之後，我們會要求計程車司機到案說明配合調查。」

人血？

虞因猛地眼皮跳了好幾下，感覺像是有什麼不好的事情要發生。

「奇怪，佟怎麼去拿個東西這麼久？」

就像是要配合虞夏的疑惑似地，樓下同時也傳來驚呼聲——「這是怎麼回事！」

兩父子對看一眼，一前一後跑出房，下了樓之後，同時也被客廳的景象嚇了一大跳。

剛剛還乾淨無比的客廳眨眼之間出現了許多泥巴腳印，有些還沾著乾枯的樹葉，像是有人惡作劇在裡面走了好大一圈。

「搞什麼，拿個醫藥箱一回頭就變成這樣？」向來愛乾淨的虞佟發出不滿。

問題不在這吧……大爸……

有時候，虞因會覺得大爸稍微脫線其實是一件好事。

「這個看起來像是女人的腳印。」虞夏職業病一起來，就見他蹲在地上開始測量泥印，

還比對了好幾個之後下了最後結論。

「阿因！」

兩張一模一樣的面孔同時轉過去瞪那個非常有可能把女人帶回家過夜的不檢點小鬼。

「我沒有啦！就算我眞的帶女人回家，哪個女人可以在幾秒內把客廳踩成這樣！」虞因沒好氣地反駁。

如果要說他是帶女人回家，照這個狀況來看，還不如說有個女鬼跟他回家了。

可是，如果眞的有不乾淨的東西跟回來，他多少該有感覺，所以應該是沒被纏上才對。

「說的也是。」虞夏拍拍腳，然後從地上站起來。

「眞是的，又要大整理了。」負責全家上下的虞佟垂下肩膀，他就是看不得屋子凌亂。

換個字眼來說，叫作潔癖。

「這不會是你剛剛說的那個東西踩的吧？」虞夏看著小鬼，發出疑問。

「我哪知道！」虞因立即反駁，不過心中也肯定這個可能性。

他應該沒有惹到那玩意兒，爲什麼對方要這樣整他？

車蓋事件也是，現在屋子也是，他想破頭也想不出是爲什麼。糟糕，該不會又是某年某月某日在某個地方不知道做了什麼事情，所以才被找上門吧？

不過，他一向都很小心這方面的事情啊……

「快一點，有重點新聞。」因爲工作關係，很習慣空閒就看新聞播報的虞佟，將藥箱交給自家兒子之後，騰了手切開電視，正好轉換到新聞快報的畫面。「阿因，你先幫聿療傷，順便自己也換藥一下，等等出來幫忙清理客廳。」

「好——」

虞因把話拖得長長，轉頭正要回房間時，快報的新聞主播話語聲貫穿了他的聽覺。

「現在爲您插播一則最新新聞，今天傍晚時分警方接獲報案，獲報之後警方趕至某高級大廈現場，驚見一名男子在住處中上吊自殺。緊急送醫之後，在今天晚間七點十五分左右宣告急救無效。」

「上吊自殺的男子爲金工電子遊樂場的員工，綽號阿木，今年二十二歲。對於本名何霖研的阿木，其他員工表示：完全沒有察覺他有輕生念頭、沒想到他竟然會選擇以這種方式結束生命。因爲屋中沒有打鬥痕跡，警方勘驗之後，確定這是一起自殺案件。而在今年已經是第十五起……」

剩下的虞因沒有聽進去。

他腦子像是被人投了一顆炸彈，轟得嗡嗡作響。

何霂研在今晚七點十五分不治死亡？

他轉過頭去，正好電視上刊出何霂研的員工相片，那頭綠髮怎樣都無法說服他那只是同名同姓的人。

既然何霂研在晚間七點十五分就已經死了……

那麼來找他的那個何霂研又是誰？

「最近自殺案件眞的越來越多，看來這就是今天傍晚翔翔他們出動的案件。」虞佟看著新聞說：「怎麼最近的人都喜歡把頭髮弄成這種奇奇怪怪的顏色，不怕得頭皮癌嗎……」

他說話的聲音讓虞因立即回過神，手上的醫藥箱整個掉在地上發出震響，旁邊正要打掃的虞佟、虞夏同時被嚇了一大跳，紛紛轉過頭來看他。

虞因僵硬地轉過頭，看見桌上還擺著他沖給客人喝的茶，茶杯旁有一張紙片。

想也不想，他立即衝到桌邊抽起那張抄了地址和名字的紙。

但是，入眼卻是無盡的空白。

那是一張白紙，上面連一滴墨水都沒有。

白紙從他手中飄落。

七點時，來找他的那個人，是誰？

他始終想不出所以然來。

「不行！小孩子去看什麼東西！」

在何霖研事件後的第二天早上，也是週六時間，四人聚集在餐廳吃早餐時，虞因向頗有關係的虞夏提出要去看何霖研屍體的請求。

他一直掛心七點那時的訪客究竟是怎麼回事，那種感覺不像只是作夢，更不可能是幻覺什麼的，而是眞實存在過的事情。

自然，虞夏是絕對反對。

雖然知道自家小鬼腦袋裡在想什麼，可於公於私，虞夏絕對不可能會答應這種事情的。

「拜託，又不是沒看過，而且我很在意昨晚的事情，去看一下又不會死。」虞因皺起眉，不過仍然挺禮貌地要求。

「阿因，你應該也知道上吊自殺的人死相不好看，你二爸擔心你們會嚇到。」一邊給所有人添濃湯，一邊如此說道，虞佟同樣也不同意讓他去。

「不行，我想親眼去確認看看！」非常執著一定要去看何霂研死樣，虞因這次說什麼也不肯讓步：「要不然我會吃不下睡不著，每天都在想那個死人是怎麼回事！」

旁邊的聿仍然安安靜靜地吃著早餐，一點也沒加入抗爭中。

「哼！我不給你去看，就不相信你還看得到！」虞夏脾氣也上來了。臭小鬼，以為想看就看得到嗎！只要吩咐同事一聲，就不信他能看到。

虞因也不高興起來：「就算你不給我去看，我偷溜走後門什麼，就不信看不見！」

「你……！」

「好了，不要在吃飯時間吵架！」見兩隻鬥雞已經快大打出手，虞佟冷冷一聲，馬上讓那一大一小閉上嘴。

就在吵鬧之際，聿已經用極度緩慢的速度將早餐吃完，然後取出筆記本，慢條斯理地在上面寫了幾個字，遞到虞夏面前。

「能夠借到屍體的詳細相片來看嗎？」

他知道，虞因只想看看何霂研是怎麼死法。

虞夏讀完，看了他一眼，語氣倒是放軟了一點：「如果是相片的話就可以，下班之後，我會跟同事借回來給你們看，這樣總行了吧！」最後一句是衝著虞因講的。

「哼。」虞因轉過頭。

看著孩子脾氣的兩人，虞佟也只好無奈地笑了笑。

明明孩子是他生的，為什麼倒是比較像夏呢？

果然後天教育還是很重要的。

「佟，我還有任務，先出門了。」剛剛吵嘴太耽擱時間，虞夏匆匆地吃光東西、喝完湯，然後很快地拿起背包蹦出門口：「這兩天不知怎麼事情變多了，今天晚上不曉得能不能準時回家。」

「你有沒有記得帶便當？」不忘提醒對方，虞佟照例每天都要這樣一問。

「有啦！」

語畢，虞夏直接往外面衝走了。

幾分鐘之後，虞佟也開始整理桌面。

「大爸，今天我要去醫院一趟。」幫忙收拾桌面的虞因整理著想法，說道。

「去看阿關嗎？」虞佟抬起頭，倒是沒有多問。

「嗯。」

虞佟偏頭想了一會兒：「那就是說你今天又會不在家，那麼小聿我一起帶去上班吧。」

「欸？」愣了一下，沒想到他會這樣說，虞因連忙看了端著盤往廚房走的單薄背影。

「要、要一起帶去，不會上班不方便嗎？」雖然大爸已經轉做內務警察，可是多帶了個人也麻煩吧？而且警局又不是可以讓人隨便當托兒所的地方……

疑惑地看著自家兒子，虞佟徐徐開口：「我還以爲你不喜歡小聿跟在你後面。」尤其是剛來那日他還反對抗議得那麼激動，所以他一直以爲自家兒子到今天都還不諒解。

「當、當然不喜歡！」一陣錯愕後，虞因馬上哼出聲。

「那我帶小聿去上班，不正好合你心意？」見他反對之快，虞佟也覺得似乎哪怪怪的。

「那好，你就帶他出門吧。」虞因聳聳肩，表現出沒什麼在意的樣子。

他是眞的不覺得有什麼，他雖然不討厭小聿，不過，也沒喜歡到讓他黏在屁股後面隨他跟來跟去。大爸把小聿帶出去，他反而還比較好辦事哩！

奇怪地看了他一眼，虞佟點點頭：「嗯。」

於是，早晨倒也就這樣無風無浪地過去了。

早晨之後，虞家幾個人紛紛散開各自活動。

「小聿，你準備好了嗎？」最後出門的虞佟探頭問著還在屋裡的人，接著走出玄關下了車庫，發動愛車。

就在車子預熱不久、放入音樂光碟之後，另一邊座位的門給人拉開。

「你有鎖門嗎？」看著把幾本書放入車中的少年，虞佟習慣性地詢問著，對方也點了頭。「又是這些書，這麼難的東西你眞的看得懂嗎？」看著被放在座位邊的原文書本，他還是有些疑惑。

聿點點頭，逕自繫上了安全帶。

「眞好，下回要是事情多，就可以找你幫小忙了，阿因那傢伙語文類就勉勉強強……眞希望他這學期不要被當掉啊。」想到之前拿到的曠課警告單，虞佟就有種這學期好像又會完蛋的感覺。

眨眨眼睛回望著他，聿什麼也沒表示，過了半晌才把視線轉回，接著拿起了平常用來筆談的筆記本翻了兩下。

車子緩緩滑出車庫。

推了推鏡架，虞佟熟練地將車轉出路口。他們家在市區外圍，而工作地點是在市區的警局，所以總要花一點時間通勤，而他與虞夏又屬不同單位，所以早上出門的時間也不同。

車上的水晶音樂悠揚地放送著。

翻著頁面，從筆記本中拿出一張紙條仔細看了看，聿微微挑起眉，又將紙條放回去夾好，偏著頭若有所思。

就在車行不久之後，手機傳來聲響。

「喂？我是虞佟。」打開了免持聽筒，虞佟很快地回應著。電話彼方傳來某個同僚的聲音，大意是要他先別進辦公室，轉到另外一個地方去出公差之類的。

聿回過頭，看著虞佟講電話，直到對方掛掉電話。

切換回音樂之後，虞佟轉動了方向盤：「小聿，我們先去另外一個地方喔，臨時有事情要跑一趟。」

點點頭，沒表示任何意見，聿拿起了一本厚重的書籍放在大腿上翻動。

「你這樣看會近視的啦，車上不要看書。」騰出手去將書本給闔上，虞佟一邊說一邊伸手到公事包找東西。「那個……」正想說些什麼的同時，他頓了一下，摸出個銀色的東西。

聿湊上前看。

「奇怪，什麼時候放進包包的？我已經很久不外勤的說，大概是夏又拿錯了。」看著手上出現的小東西，虞佟拋了拋：「對了，小聿，這東西你就帶在身上吧。」說著遞了過去。

接過物品，聿只微微思考了一下，就拽入口袋裡。

「你剛剛在看那張紙條是什麼？」隨便找了個話題，虞佟這樣問著。

語畢同時，他看見坐在旁邊的乘客突然像是被踩著尾巴的貓一樣，突然抓著筆記本整個人捲了起來，拒絕之意極度明顯。

「好吧，我不問了。」很快地安撫著，虞佟微笑說。

轉過身看著窗外流逝的風景，聿瞥了眼身邊專注於開車的人，然後再度翻開筆記本閱讀裡面夾著的紙條。

那只是一個地址。

一個他從某人手上背下來的地址。

□

午後，虞因從醫院出來。

阿關還是老樣子，觀察中，不宜見客，但是，護士長看在他是相關人士的份上，稍微向他透露了一點狀況。後來他順便換了手傷繃帶，才延了一點時間離開。

今天是週六，醫院的人也稍微多了一些，大多是家屬來探病什麼的，來來往往的計程車也多了許多。

虞因大老遠就眼尖地看見一個算是眼熟的計程車停在外牆處。

「先生，搭車嗎？」虞因一靠近車邊，年輕的計程車司機立即打招呼，然後見到來人之後稍稍愣了一下。「少年欸，眞有緣哪。」

是前幾日晚上接替林余大的那名金髮計程車司機，而對方也立刻就認出他了。

「你好。」點點頭，虞因就靠在車窗旁邊有一句沒一句與他搭聊了起來。「對了，那位林先生後來怎麼了？」

因爲林余大後來在計程車行安排下轉到私人醫院接受治療，他也忘記問二爸他在哪家醫院，就一直不曉得後續消息。

「老林啊……唉，他可慘了，臉、手跟上半身都嚴重燙傷，醫生說太嚴重，如果併發感染還有可能要截肢，幸好當時他遮得快，眼睛沒也給廢了，不然下半生眞的就難過了。」一說起那晚的事情，年輕司機搖頭嘆氣道：「前一陣子有人大方包車賺了幾千塊，他還請大家吃宵夜，老林眞是很好的人啊，沒想到事情會變成這樣。」

的確是個好人……

虞因也不禁跟著嘆了口氣：「方便的話，可以告訴我林先生現在住在哪家醫院跟病房號碼嗎？好歹也是有緣，我想去探望他一下。」而且，他也有點事情想要問看看……

「可以啊，當然可以。」年輕司機很爽快地答應了，然後縮回車中抄了張紙出來遞給他。「老林最近心情也不是很好，你有空就多去陪他聊天吧，他之前才跟小孩大吵一架，現在賭氣沒怎麼回家，一個人也挺孤單的。」

點點頭，虞因將紙收進口袋中。

「我等等過去，謝謝你啦。」

「免客氣啦！」

告別了年輕的計程車司機，虞因左右張望了一下，然後拿出電子遊樂場的名片。既然都已經來到醫院附近，他想順便到阿關打工的地方走走。

總覺得這一趟似乎有必要。

名片上的地址距離醫院只有五分鐘左右，所以穿過幾條街道之後，他就看見坪數相當大的電子遊樂場出現在面前。

門口採用黑色的電動門，但是前方站了兩個穿西裝的彪形大漢，只要往門邊踏的都讓他們攔下檢查證件。卻也不是人人可進，有的人在檢查後還是被拒絕入門。

虞因站在轉角處觀察了一會兒之後，便大膽地往門口靠近，果然不用幾步，那兩人立即將自己攔下。

「小朋友，你很面生喔，成年了沒有？」其中一人如此詢問。

「都大學了，你覺得成年沒。」虞因也是皮皮地笑，一點也不畏懼。「要查證件嗎？」

「這裡未滿十八歲不能進入，你拿個證件出來看看。」那人朝他伸了手。

虞因從皮包裡翻出駕照，大漢瞄了幾眼就遞還給他：「你來這裡做什麼？」

「當然是……放鬆一下心情。還有，是別人介紹我過來走走。」拿出印有王鴻名字的名片，虞因遞過去。

一見到名片，那兩人的態度立即大轉：「原來是老大介紹的，快請進。」

突如其來的禮遇讓虞因有點錯愕，不過倒也不怎麼在意，收了東西直接往電動門走去。

黑色的玻璃門一開，迎面而來就是一股冰涼卻帶著略甜的香氣。虞因皺了眉，下意識地伸手摀住口鼻，直到那股味道散開才鬆手。

震耳的電子音樂聲響立即傳來，交雜繁多，整個遊樂場爲之震動。

他現在後悔沒帶副耳塞過來。

左右看了一下，旁邊有個兌換代幣的地方。並非真的來玩的虞因掏掏口袋，找出幾張百元鈔票就往櫃台走，半晌拿了一疊代幣走入電玩台子隔道當中。

這裡面充滿了各式各樣的電玩機台，一開始是普通的電玩，或者對打機、跳舞機之類的東西……如果是這麼善良的地方，剛剛在外面就不用被盤查了。這樣想著，用那張名片再問過幾個沉迷不已的人之後，他順路拐了幾面牆後，出現在眼前的卻變成大多帶著賭博以及色情性質的機台。

虞因相信，這時候打電話去通報二爸，他絕對馬上帶人來抄。

張望了一下，他直接在一個無人的台位坐下來，立即就有場內人員接近他。「先生，第一次來嗎？有沒有需要什麼服務？」

對於面生的客人，他們自然會警戒。

「不用了，這些東西我早就玩到爛熟了。」虞因隨口胡謅了下，然後煞有其事地就投了代幣開始打起電玩。

多虧二爸以前常常查扣這類玩意，他小時候都會溜去偷玩，現在倒也順手得很。

「好的，若有服務需要請再告訴場內人員。」那人倒也客氣，立即就走開了。

看著眼前閃動的螢幕，虞因嘆了口氣。

他是混進來了，可是到底要做什麼，他自己也沒個底，甚至連幹嘛混進來都不知道。

「喂，你是新來的嗎？」隔壁賭博的機台上，原本專注於麻將牌的一個中年男子冷不防靠近他，開口就問。

虞因看了他一眼，這人全身都是菸味，立即引起他的反感：「對啊，好奇，來玩玩。」

他假裝專注打自己的牌局，不用多久就獲勝，下頭立即跑出兌換現金的劵子來。

「你打得不錯。」中年大叔看了他的畫面一會兒，這樣說：「不過啊，我勸你最好換台機。」

皺起眉，虞因左右看了一下，四周仍有座位，可他不解為什麼這人要這樣說：「我這台玩得好好，而且手氣正順，你不要看我眼紅喔。」說著，又打贏一場牌局。

「欸，我說這個是為你好耶！」中年人的聲音變大，直接也不打局了，轉過來說道：「玩久的人都知道，你這台機有問題，根本沒人想碰。」

「有問題？」

「對啊，常常跳機，不然就是吃金票，好幾個玩過的人都損失慘重，氣到不行！」看著畫面上的牌局，中年人搧搧手：「前一陣子還好，沒這種問題，自從那個常常來玩的女孩子不來之後，機子就出問題了，老闆也請人來檢查好幾次，就是修不好，也查不出原因。」

「女人？」虞因愣了一下，好像捉住了點什麼：「怎樣的孩子？」

中年人奇怪地看了他一眼：「啊就一個跟你差不多大的女孩子，頭髮黑黑長長的，人長得秀氣秀氣，之前常常來，聽說是等男朋友下班，打發時間在這邊玩一下，不知道什麼時候開始人就不見了。」

頭髮黑黑長長？

「知道她的名字嗎？」虞因連忙追問。

「名字？」整個臉皺起來，中年人想了好半晌：「……沒很注意耶……一下子要想也想不太起來……」

「是不是叫靜？」

被他這樣一說，中年人一擊掌：「對啦！就是叫阿靜，林秀靜。之前我坐她旁邊，也會跟她聊天啦。」

林秀靜……

虞因皺起眉，就是阿關他們口中的「靜」嗎？

會有這麼湊巧嗎……

「大叔，謝謝你。」將桌上大半的代幣都藉口給了中年人，虞因看著畫面，猛地開始發起呆。

如果那個林秀靜就是靜，那麼他昨晚看見的那個長髮女子……

才想到一半，虞因的頭皮就開始發麻起來。

而在那一瞬間，眼前的牌局畫面猛然跳黑。

閃過的是一張模糊的臉。

不到一秒。

一張五官模糊的青白面孔，那雙眼睛瞪了他，瞬間就消失。

然後畫面重開，已經重新啓動了牌局。

這次映在上面的，是王鴻的倒影。

□

「阿關的朋友？你怎麼會來這裡？」

帶著無線耳機的王鴻就站在他身後，顯然已經注意了他好一會兒，一點吃驚的神色也沒有，單純就是詢問。

虞因知道一定是拿名片出來以後，外面那兩個人通報他的。

他站起身，拾起了代幣，露出微笑：「沒有特別的事情，因爲昨晚聽見何霖研的事情，阿關又變成那樣子，所以突然想來走看看。沒有看見你，就順便玩玩電動囉。」偏過頭，他扯來兌換金錢的彩券，足足有好幾張，他的本錢都回來了。

王鴻勾起唇堆出了一個商業性的笑容：「你要來可以說一聲，我還可以來招呼你，順便介紹一些比較好玩的，像這種無聊的台子有什麼好玩，裡面進了一批新的，才剛開機試打，聽說很不賴。」

「沒關係，我差不多玩夠本了。」虞因回了笑，然後半靠在機台邊：「對了，你知不知道何霖研跟阿關要了我家住址的事情？昨天他打電話過來，說晚上要找我，結果等很久沒等到，看新聞才知道他死了，就不知道找我有什麼事情。」

有那麼一秒，他似乎看見王鴻的眼中出現了異色，不過他掩飾得很好，笑容仍舊不變，完全看不出什麼端倪。「我不曉得有這回事，不過阿關跟阿木一向走得很近，可能阿關介紹他去認識你也說不定。」

「這樣喔。」虞因點點頭：「那我知道了，何霖研算是不錯的人，年紀輕輕就自殺還眞有點可惜。」

王鴻只是笑，什麼也不說。

眼見套不太出話，虞因打算就先暫時收手。「我這邊也玩夠了，今天還約朋友吃飯，就先這樣吧。」他甩甩手上的彩券和代幣。「這個要怎麼辦？」

接過彩券，王鴻看了一下數目又點算了下代幣，然後開了對講耳機：「昱恆，拿一千元現金過來。」

過了半晌，有個與虞因差不多大的年輕人走來。

他臉上有塊紗布，像是受了傷，神色上有點畏縮，那頭黑髮顯得有點格格不入。

虞因瞄了一下他的名牌，叫作趙昱恆。

抽過那張現金，王鴻遞到他面前：「喏，直接幫你換好了。」

「謝啦。」接過現鈔，虞因直接往口袋塞。

「我送你到門口吧。」王鴻對那名人員使了個眼色，那人立即離開，一點也不敢反抗。

阿關打工時候不會也是這樣吧？

看見這裡的人都對王鴻有所畏懼，虞因不由得如此想著。

就在王鴻轉身要走出去之際，虞因看見他旁邊的機台畫面跳動了一下，一隻透明的手伸出想要扯王鴻的衣襬，沒有半秒卻又縮走。

什麼狀況？

「怎麼了嗎？」走了幾步發現虞因沒有跟上，王鴻立即回過頭詢問。

「沒、沒事。」他立即快步追了上去。

兩人一前一後拐了幾個彎，很快就走到黑色的玻璃門前。

「下次要來，可以先跟我打個招呼，能算你些折扣。」王鴻站在門邊，笑笑地說。

「好，下次一定會再來。」笑笑地回答他，虞因走了兩步，停在玻璃門前，黑色的玻璃門立即左右開啓。他回過頭，看著目送他走出去的王鴻說：「對了，你認識……林秀靜這個人嗎？」

王鴻很明顯地錯愕了一下。

「抱歉，沒聽過。」

「喔。」

就在黑色的玻璃門要關上的那瞬間，虞因瞇起眼，在門的那一邊……

王鴻笑了。

很冷的一抹奇異笑容。

□

林秀靜和王鴻等人有什麼關係？

走下電子遊樂場的台階，虞因立即起了懷疑。

王鴻的態度分明就表示他認識這個人，爲什麼他要說謊？

拿出筆記本記下林秀靜的名字與剛剛打聽來的情報，虞因拐進了巷子往醫院走，一邊就開始動腦筋起來。

這幾個人，包括了司機林余大……看似完全沒有關係，可是又好像隱隱有些牽連。

除去司機不說，至少其他人全都有關聯。

王鴻是電子遊樂場的小老闆，阿關、何霖研都是他的小弟。另外，有一個名爲林秀靜的女生在前一陣子經常去電玩場報到，等她男朋友。

虞因腳步猛然一頓。

他忘記問林秀靜的男朋友是誰！

不過現在看這種況狀，也很難回頭再去問，不然王鴻一定會起疑。

不過，他剛剛都已經問了，王鴻應該也已對他有戒心才是。

就在思考停頓的同時，放在口袋的手機突然大肆作響起來。虞因拿出手機，上面顯示無來電號碼，不知道是誰打來。

「喂？我是虞因，誰找？」他的手機號碼很少流出去，會打來的肯定就是平常那些玩樂的朋友，或是大爸二爸他們而已。

話筒的那端很安靜。

數秒之後，慢慢地，傳來一個很像女人的呻吟聲。

虞因皺起眉，哪個混蛋這麼沒水平玩他！

就在他想直接掛掉電話時，話筒那邊卻傳來一個再熟悉不過的聲音。

貓叫聲。

喵……喵……喵的，緩慢卻又淒厲，像是就貼在他耳邊叫一樣。

那一秒，虞因全身上下的雞皮疙瘩全都冒出來，他連忙按掉通話鍵，按了好幾次，貓的聲音卻還在，且越來越大聲。

「不要叫了！」

他對著手機大吼。

貓叫聲沒停，他才剛想把手機直接關機時，一股劇烈的疼痛直接從他背後炸開。

虞因痛叫了一聲，手機從他手上摔下跌在地面，畫面沒了，貓叫聲也停止了。他往前踉蹌好幾步，回過頭，看見兩個拿著木棍的小混混，其中一人離他很近，顯然就是剛剛敲了他一棍的人。

「你們是誰啊！大白天就要搶錢嗎！」忍著痛處，虞因惡聲朝那兩個小混混吼了一下，希望巷子外面會有人聽見。

兩個小混混對看了一眼，雙雙笑得詭異。

「給你個教訓，不要多管閒事！」其中一人這樣說，立即衝來往虞因的大腿又是一棍。

這次有所防備，虞因立即閃了邊，不過因爲背上劇痛，勉強閃了卻撞在巷子的圍牆上。

見他勢弱，兩個小混混高舉了棍，就要朝他身上拚命敲打。

自然，虞因也不可能乖乖給他們打。他冷靜地判斷、閃避，拚了一口氣要離開巷子。

幾次沒閃過，棍子就落在他身上，越來越增的痛處讓他火氣越來越大。

就在接近巷口時，一個恍神，其中一個人逮著時機，高舉了棍就直接要往他頭敲下——

「嗶——」

驀然傳來的尖銳哨聲讓兩個小混混爲之一震。「快閃！條子來了！」他們立即拋下棍子，連忙往巷子的另一端竄逃離開。

見狀，虞因鬆了口氣，直接跪倒在地上。

警察是嗎……

他抬頭，卻錯愕。

巷口的，壓根不是什麼警察。

急急忙忙跑進來扶起他的，是那個應該跟大爸去辦公室的聿。

「你怎麼……唉喲……痛啊！」被他抓到痛處，虞因斷了想說的話，差點飆出眼淚。

聿搖搖頭，指了醫院的方向，然後扶了他先走出巷子。

虞因低了頭，看見他胸口掛了只哨子，哨子上面還刻有大爸虞佟的名字。

還眞的是警察的哨子，難怪聲音會這麼逼眞。

那一秒，他突然想大笑了。

很快地，他也笑不出來了。

那兩個小混蛋下手有夠重的。

「你為什麼會在這邊？」

被聿扶到醫院等待診療時，虞因趁著空檔發問。

拿出筆記本，在上面寫下幾個字之後，聿將筆記本轉給他看：「發生銀行劫案，有人受傷被送來，佟來收資料，我跟來，想去遊樂場看看。」順勢，遞了那張寫有地址的紙條過去。

看著上面的字，虞因越看越火大，接著順手撕了那張紙條：「混蛋！你想去遊樂場？你知不知道那是什麼地方啊！你還未成年想給我去看！」還好今天人家只針對他，要是派史多人出來圍毆怎麼辦！

轟天的吼聲猛然爆出，旁邊其餘的候診病人通通嚇了一大跳，連忙移座，看能離多遠就多遠，就怕一個不小心被波及到會更加倒楣。

捂住耳朵撇開臉隨他去吼的聿，老神在在的一點反應也沒有。

「不要假裝沒聽見，你這個小鬼……靠！好痛！」一吼起來又牽動傷口，虞因痛得齜牙咧嘴，整張臉看起來更猙獰了幾分。

被吵雜聲音引來的護士看見他正在發飆影響到其他病人，就走過去皺眉瞪著他這個混亂來源：「先生，這裡是醫院，麻煩小聲一點，如果要鬧事的話，我們會請你離開。」

虞因狠狠瞪了旁邊小鬼一眼。

見他應該不會再吵鬧，達到告誡目的的護士就離去繼續忙碌。

「都是你害的！」虞因小小聲地對旁邊的小鬼低吼。

聿偏過頭，完全不搭理。

他一動，虞因又注意到那只哨子。大概是大爸忙，怕他一個人有事情，才把哨子拿給他，有事就可以引起別人注意了。

說到大爸，虞因突然想到，大爸應該不知道小鬼偷跑出來吧？

才這樣想，他立即就想撥通電話過去，可手機一拿起來，才發現剛剛在巷子裡面被攻擊時摔壞了，顯示螢幕整片都是黑。

可惡，這下又要多一筆修理手機的開銷了！都是那些人的錯，最好不要被他遇到，不然他早晚會討回來。

「我去打個公共電話，你待在這裡不要亂跑。」摸摸口袋，找了幾枚硬幣出來，虞因站起身打算先通知大爸。

然後，他的衣角被拉了拉。

聿指著跳號的電子號碼燈，虞因對了一下手上的候診單，已經輪到自己了。

「好吧，我先去看一下醫生，你乖乖待在這邊不要亂跑。」拿著牌子，他交代了一下，便推門走入診療室。

是個年輕的男性醫師，看起來才二十多歲，旁邊站了個女護士，悠悠哉哉地正翻著手上的表單，一見他進來就放下手上的東西說：「這邊坐。」醫師指了指前面的診療椅，然後開始填表格，一邊問診：「有什麼問題。」

「剛剛在路上被圍毆。」虞因一本正經地說。

空氣有一秒是安靜的。

靜得好像連冷氣從冷氣口吹出來的聲音都聽得見。

旁邊的護士不由得搓搓手臂，今天眞的是有比較冷一點。

「同學，你今天有嗑藥嗎？」醫師也非常認眞地問診。

「有嗑止痛的啦。」剛剛聿不知道跟誰拿了止痛的藥給他，不過完全沒用，讓他懷疑那是不是根本就只是顆感冒藥。

「很好，意識清楚。」快速地寫下一連串英文，醫師轉過頭：「請躺到旁邊的床上，把衣服撩高，我先幫你看看。」

虞因看了一下旁邊，護士整理著診療床。

說眞的，他不太想上去躺，因爲床上有個透明的小妹妹在那邊跳來跳去。

「怎麼了？」醫師注意到他沒有動作，停下筆：「如果怕躺上去會痛的話，那就坐原位拉高衣服，我先幫你看看好了。」

「嗯。」點點頭，虞因爽快地直接脫去上衣。

醫師瞇起眼。

對面倒映的鏡上，也讓虞因看見自己身上到處都是被慘打的瘀傷，更嚴重一點的還有幾條裂開的傷痕，正在吱吱地冒出些許血珠……那兩個欠揍的小混混，下手還眞這麼狠！就不要讓他知道是誰，現在已經不是圍堵回來可以了事的地步了！

「同學，你確定不是家暴喔。」醫師一邊看著他全身瘀傷裂傷，然後接過護士手上的藥開始幫他做基本治療。「被圍毆的話要報警喔，最近常常有人被圍毆送過來，聽說是附近遊樂場有問題。」

「喔，我知道啦。」他家就有兩個警察，回家就馬上可以報案了。「遊樂場那邊常常有人被圍毆？」注意到這點，虞因直覺地就發問。

頓了一下，醫師像是猛然想起來什麼似地乾笑了兩聲：「機密機密，我什麼都沒有說。你少去那邊晃蕩就是了，這是身爲醫師的本人給你的醫囑，信我者得永生，大概就是這樣。」

思索著醫師的話，虞因開始對遊樂場起疑心了。

如果那邊經常有人被送過來的話……

他突然想到，自己在裡面看見很多非法機台的事情。

等等，可是那種店應該不可能在自己地盤邊下手才對，不然很容易引起警方的注意，不是嗎？就他所知，大部分好像都會拖出去別的地方修理。

那爲什麼……遊樂場附近常常會有人被圍毆？

因爲員工都是年輕人的緣故嗎？

虞因大致回想了一下自己在遊樂場裡面所見的，包括王鴻在內，幾乎都是跟他差不多年紀的年輕人，或者大上沒幾歲的人。

那代表了什麼？

「嚴先生，您代班的時間快到了，等等會有別的醫師進來換診。」注意著牆上的時鐘，一旁的護士小聲提醒著。

「好，我知道了。」醫師點點頭，繼續手上的治療動作。「同學，你傷得很嚴重喔，可能這兩天晚上會很難睡，半夜突然痛醒是正常的，那就代表你忘記吃止痛藥就去睡覺；還有打你的人是會鐵砂掌嗎？連掌印都出現了。」

「掌印？」虞因錯愕：「什麼掌印？」

「王小姐，幫我拿兩面鏡子過來。」

沒多久，護士拿了兩面圓鏡過來，那名年經醫師擺好鏡子之後，遞了其中一面過去給他：「喏，就在右邊。」

瞇著眼睛打量眼前的鏡子，虞因愕然發現，果然在右背上出現了一個很像掌印的瘀青，清晰得有些恐怖。

「這個好像比較久，你是被圍毆兩次嗎？」醫師看了一會兒，奇怪地問：「同學，武林高手少招惹啊，多幾次鐵砂掌你就要去掛急診，不是在這裡慢慢等了。」

「我知道啦。」對於掌印來源，虞因大約有底，這兩天除了被圍毆之外，還有那天晚上，何霂研事件……

「開藥給你，回去之後每兩天換一次藥，消腫了如果還會痛，記得回來複診。」年輕醫師洋洋灑灑地寫下一大串文字：「要開驗傷單嗎？」

「好啊，感謝你。」

就在診療差不多告一段落之後，門扉豁然被人推開。

「阿司，你……」

然後，愣住。

□

「嗨，大爸。」

虞因抬起手，很自然不過地向進門的人打招呼。

愣了半晌，站在門口的人才記得把門給關上。「阿因？你不是去看阿關嗎？」瞇起眼，立即注意到他全身都是傷的虞佟皺起眉：「你跟誰打架！」

「我走在路上被不認識的人圍毆。」虞因聳聳肩，很無奈。被圍毆也不是他願意的。

「等等去做個筆錄備案，小聿在外面，你先帶他回家。」說著，虞佟立即轉過身對上那名年輕醫師，語氣完全就是一派公事公辦的樣子。「阿司！你亂跑連講都沒講，我急著找你要化驗單耶，這個件我要馬上回傳。」

「我看你在化驗室，剛好接到電話，順便過來代班個半小時賺飲料錢。」醫師聳聳肩，用筆桿敲著桌，說：「最近連飲料錢都不好賺，不多少兼點小差很容易會渴死。」

「你如果會渴死就是今年度最大的笑話了。」馬上吐槽了這句，虞佟推推眼鏡這樣說。

「唉唉，你不知道就是笑話才最容易成眞嗎。」收回了筆，醫師也有來有往。

看兩人講話的語氣似乎挺熟稔，虞因挑起眉說：「大爸，你們兩個認識？」奇怪，他對大爸二爸的朋友都還算熟，怎麼沒看過這個人？

虞佟轉過身，勾起微笑。「喔，跟你介紹一下，這位是外縣市來的法醫，嚴司。」頓了頓，稍微想了想才繼續說道：「因爲最近我們合作的王法醫出國進修去了，大概要一年多才會回來；這位是臨時來支援的，是其他警局介紹過來的。」

「嗨，被圍毆的同學你好。」嚴司手插在口袋，笑了笑：「沒想到你跟虞先生是父子，看起來眞是完全都不像，以後請多多指教囉。」

「請多多指教。」虞因看了他一眼，自動忽略掉他某句應該不是招呼話的話。「嚴醫師……你是法醫？」他盯著他的醫師白袍。

「還沒正式報到啦，今天閒閒來找人聊天，順便代班一下而已。」拉拉白袍，嚴司倒不覺得有什麼不對。「別看我這樣，我可是有五張國際認可執照，代個班不犯法啦。」

「喔？」五張是吧？

有那麼一瞬間，虞因還眞想問到底是哪種的五張。

「好了，閒聊到此爲止，阿因，你備案之後先回家休息，今天有宗搶案，我跟你二爸不回去吃晚餐，你和小聿要記得乖乖吃東西。」虞佟看起來很匆忙，拖著似乎還想講話的嚴司就往外走。

「好啦！」

接過護士遞來的藥單，虞因隨後也走出去。後面的診療室立即被掛上休診中的牌子，看來他應該是這科最後一個患者。

外面等待的患者也更少了。

虞因左右張望了一下。

剛剛不是叫那個小鬼在外面等嗎！

跑去哪了？

「聿！」他在附近走了一圈，還是沒見到那小鬼的影。

糟糕，不會眞的跑去電子遊樂場了吧！

就在他想重回電子遊樂場時，衣角突然給人輕輕地扯了扯，低頭一看，剛剛在診療床跳跳的透明小妹妹正衝著他笑。

「我現在沒時間，去別的地方玩。」虞因的口氣不怎麼好。

那個小妹妹笑了笑，抬起手指了指樓梯。

「上面？」才低頭想追問，虞因就發現那個小女孩已經消失無蹤了。

上面？

儘管心裡有些懷疑，虞因還是循著那道樓梯往上走，才走上了幾階，就看見那個偷跑的小鬼站在往三樓的轉角處。「聿！」欠揍的小混蛋！

站在台階上的聿立即對他豎起手指，要他安靜。

虞因輕步走上樓梯，低聲在他耳邊抱怨。「你在這裡搞什麼鬼？」

指指樓梯上方，聿朝上望了一下，對他使了個眼色。

不知道他在玩什麼把戲，虞因凝神聽著，上層傳來兩個聲音，一個很耳熟，像是不久前才聽過，可是他一時間卻認不出對方的身分。

「阿關不知道要多久才會醒。」

「誰知道，現在老大要我們盯緊這裡，我們就乖乖地盯；還有，你最好安分一點，別忘記老大也有你家住址，要是沒幹好，當心像上次那個人一樣。」

「……我知道，可是阿木都……」

「閉嘴啦！」

喝斥聲打斷了另一人，接下來是久久的沉靜。

「我知道了。」

應答聲過後，另一人低聲回應。

「別再提阿關、阿木的事情了。」喝斥的那人這樣說，語氣倒是放軟了些。「你知道老大現在聽到這些事情都會發火的吧，我們都還有把柄在他手上，小心一點。」

「嗯。」

「就這樣，不要再亂講了。」

「好……」

蹉蹉的腳步聲離去。

比較軟弱那人的聲音挺耳熟，可虞因就是想不起來在哪裡聽過。

就在安靜下來後，一道身影從樓上走下，虞因兩人來不及閃避，直接和對方打了照面。

是一個染了金髮的青年。

□

當虞因第一次見到王鴻時，他身邊帶了四個人。

已經死亡的何霖研，剛剛才見過面現在突然記起來的趙昱恆，另外一個紅毛不曉得名字，最後一個就是眼前這個染著金髮的青年。

「啊，你不就是阿關的那個同學？」金髮的青年也立即認出他：「又來看阿關喔？」

「嗯，你也是？」虞因微微一笑，順著話回答：「我剛剛才去過遊樂場，昨天聽到阿木的死訊，所以想去看看有沒有可以幫忙的地方。」

「阿木喔。」青年冷冷地笑了笑：「腦袋不知道裝什麼，居然去自殺，有夠白痴。」

虞因沒有接話，轉開了話題：「對了，還沒請教閣下大名。」

「喔，我叫朱毅，你叫我阿毅就可以了。」朱毅很爽快地回答他：「我跟阿關他們一樣，也是遊樂場員工。」

「我叫虞因，認識的人都叫我阿因。」虞因同樣也介紹了自己。「旁邊的這個，你可以直接叫他阿聿。」他指指站在旁邊的聿。

「嘿嘿，有空多來坐坐，我們那邊很缺人，想打工可以幫你插個位，薪水還不錯，尤其最近一連缺了幾個人。」

朱毅人倒是挺爽朗的。這是虞因第一印象的結論。

不過，他想王鴻應該不會很樂意讓他進去插位，尤其是在今天拜訪過後。

「對了，上次還有個染紅髮的酷大哥，怎麼今天沒看到人？」虞因靠在樓梯欄杆上開始閒聊，隨意問道：「我上次看你們一掛的，以爲你們都是一黨出入。」

「你說立宇喔，我也不曉得，已經兩三天沒看到人了，不知道又跑哪風流了，那傢伙常常這樣。」像是已經習以爲常了，朱毅哼了哼這樣說：「那傢伙不怎麼好相處，遇到時你最好閃遠一點，他有時候看人不順眼就會出手，已經鬧好幾次事情了；也不曉得要閃遠一點，害遊樂場最近被條子盯上。」

「好，我知道了，謝謝。」虞因點點頭，默默地全都記起來：「對了，我們還要上去看看阿關的狀況，下次再聊了。」

「好啊。」朱毅揚揚手，就往樓梯下面離開了。

目送著他離開的背影，虞因皺起眉。

聽他們剛剛對話，分明就是來監視阿關恢復狀況的。可是爲什麼他們要來監視阿關的狀況？照理來講，就算是在電子遊樂場打工好了，只不過是個意外的車禍，值得浪費時間做這種事情嗎？

旁邊的聿拉了拉他，他才猛地回過神。

「算了，我們先回家吧，留在這邊也想不出個啥來。」想到還要做筆錄，虞因就有點頭大。眞是莫名奇妙，沒事來圍毆他幹嘛！

聿點點頭，跟在他後面走下樓梯。

虞因邊走還邊繼續思考著這些人的關聯性。

等等，剛剛那個聲音是不是有點像趙昱恆？

「趙昱恆不是應該在電子遊樂場上班嗎？突然來醫院做什麼……？」

就在虞因懷疑他來意的同時，猛地一道黑影自他腳邊跑過。

那隻山貓越過他的腳，在一樓的地面上轉回過頭看著他，銳利的眼眸像是叫他不要多管閒事。僅僅停頓了一秒，山貓立即消失在右方。

直覺又要發生事情，虞因不再慢慢走樓梯，直接就著樓梯扶手快速地滑往一樓、跳在地上，往右邊追過去。

右方就是醫院大門外，他追出去，正好追上離開不遠的朱毅背影。

那隻山貓搖著尾巴慢慢跟在朱毅身後，然後轉過頭又瞪了虞因一眼，讓他馬上起了一陣雞皮疙瘩——出事的預感。

「阿毅！等等！」想也不想，壓根顧不了那隻貓會有什麼反應，虞因立刻脫口大喊。

走了幾步，朱毅在醫院大門口停下來，疑惑地回過頭：「還有事嗎？」

就在那一秒，醫院外牆突然傳來巨大的剎車聲。

就在一步外，一台緊急煞車的砂石車猛然呼嘯而過，滑行了百餘公尺才停下來。

就僅僅差一步。

朱毅臉色發白地看著外面，如果不是剛剛虞因叫住他的話，可能現在砂石車不但滑行百尺，滑行時還會拖著他的屍體。

那隻山貓憤怒地朝虞因一個咆哮。

□

「你有沒有事？」

虞因快步跑到在朱毅的身邊詢問。剛剛若是晚一秒叫他，可能又是一人死在他面前。他左右張望了一下，那隻山貓已經消失不見。

「沒、沒事。」朱毅整張臉都嚇白了，過了好一陣子之後才回過神來，外面已經有人開始聚集圍觀砂石車的意外。

緊急煞車的砂石車停在醫院外圍好一段距離，地上拉出長長的恐怖痕跡，由此就可以看出方才的狀況有多麼驚險。

「你是不是有做什麼不好的事？」虞因皺起眉，既然山貓挑上朱毅，絕對有什麼問題。

是不是也與林秀靜有關係？

虞因心中冒出一種時間已經不多的預感。

那隻貓會出現，究竟代表了什麼？

朱毅愣了一下，立即搖頭否認：「說什麼話，我剛剛才差一點被撞到，你問這個是什麼意思！」定下心神後，他反而警戒起來，也不像剛剛那麼好相處了。

「我告訴你，何霖研曾經來找過我，他說了一點關於……林秀靜的事情。」仔細觀察了他的反應，虞因試探性地說：「你不會不曉得吧。」

「他、他說什麼！」朱毅的反應立即激動了起來：「阿木那個混蛋，要死還要拖別人下水！他自己去死就好了！」

他一定知道些什麼！

「你說這話是什麼意思。」虞因立即追問：「林秀靜的事情你也有關，是不是！你最好趕快講出來，不然你怎麼死的都不知道！」他似乎抓到了線索，整個背脊猛然跟著發冷。

「煩欸！靜跟我沒關係啦，我啥都不知道啦！」朱毅亟欲脫身，立即暴喝了一聲：「不要跟我囉唆有的沒有，走開！」

「你說謊！」虞因立即抓住他的肩膀：「你知不知道這件事情已經沒有你們想的那麼簡單了！不趕快講出來的話，你很可能會……」

「不想被堵的話，你就少管閒事！」一把甩開他的手，朱毅怒氣沖沖地橫瞪了他一眼，撂下一句「你給我當心一點！」然後就往外走。

「朱……」

正想叫住人的虞因猛然腳踝一痛，低頭，竟然看見那隻山貓凶狠地咬住了他的腳踝，銳利尖牙沒入牛仔褲布料裡。

「滾啦！」直接甩開山貓，虞因正想去追回朱毅，才剛跨出了不到一步，他就停住了。

就在那瞬間，尖叫聲自外面傳來。

「小心！」

「快閃啊——！」

時間像是整個慢了下來，就在他眼前播放著。

他看見走出醫院的朱毅錯愕地站在原地，雙眼大如銅鈴，像是看見什麼恐怖至極的事。

那一瞬間，一個巨大的黑影轟然撞上朱毅，慢格的動作再清晰不過。

那台應該已經煞住的砂石車居然整個往後滑行，將站在後面的朱毅狠狠撞倒，然後捲入車底輾過去。一個活生生的人體就像是廉價的水果般被整個輾開來，止不住車勢的砂石車拖著不斷被拉扯的人體，最後撞入醫院的圍牆上而停止。

巨大的聲響過後，醫院圍牆被撞開了一個大洞，四周都是斑斑駁駁的血跡，散開如花，令人不敢多看。

被當場撞倒的朱毅躺在地上，整個下半身被壓得爛糊一團，除了漫開的血以及碎爛的肉體之外，還流出了更多可怕的固體。

血色，無窮盡。

虞因整個人都冷了。

怎麼避都避不開。

所以他才覺得，事情並沒有那麼簡單。

朱毅整個人都在發抖，眼睛睜得大大的，瞪著天空。

「你撐著點，馬上就有人來救你！」虞因快步在他身邊蹲下，脫了外套蓋住他被壓爛的下半身，以防有更多碎片刺入。

他的眼睛睜著，然後瞳孔開始慢慢地擴大。

四周有人在尖叫著「快點叫急救」。

他張開嘴，血水開始大量溢出，顫抖的嘴唇虛弱地吐出了細微的聲音。

「靜……靜……真的……我沒有殺她……」

然後，乍然停止。

朱毅就這樣睜大眼睛，沒有再動作。

他的瞳孔渙散，然後定住再無反應。

虞因按住他頸邊，動脈已經不再跳動，連呼吸都沒了。

他下意識地抬起頭，圍觀的人群後站了一個長髮的女人，黑髮蓋住她的臉，身上的衣服破舊沾滿了血漬與泥土。

她緩緩地抬起頭，臉色泛白浮腫，連青筋都看得那麼清楚，眼睛灰白突出，皮膚上到處都有已經腐爛不再出血的傷口。

山貓在她的腳邊走來走去，喵喵叫的聲音在人群吵雜中顯得格外刺耳。

那雙灰白色的混濁眼睛對上虞因。

然後勝利地笑了。

他或許知道那隻貓、那個東西想要什麼了。

「朱毅遭砂石車輾過，當場死亡。」

醫院會議室中，嚴司拿著剛到手的死亡報告，告訴在場的虞佟以及虞因、聿三人說：

「救護人員抵達的時候已經沒有生命跡象了，簡單地說，出血太快加上整個下半身全部粉碎，這些都是致死原因。」

虞因聽著，心中有點難過起來。

就這樣，一個活生生的人在他眼前死了，明明前一秒還可以爭執，現在什麼都做不了。

「死因是遭車輾斃，砂石車肇事原因已經釐清了，主要是因爲駕駛疏忽打滑所致，煞車似乎也有問題，現在已經通知家屬來商議賠償和後事。」虞佟整整手上的資料，嘆了口氣：「一連幾天都有事故發生。」

「對了，大爸，上次計程車的血跡檢驗如何？」一聽見事故，虞因立即聯想到另一件事故。

「那個……」

「被圍毆的同學，這種事情不是可以隨便講給你聽的喔。」打斷了虞佟的話，嚴司笑笑地說：「尤其現在沒有確切證據證明那些血跡的來源。」

虞佟看了對方一眼，卻沒有說什麼。

「如果要查血跡來源，你們要不要試著去查看看林秀靜這個人？」虞因站起身，然後在筆記本寫下名字遞過去。

「林秀靜？」虞佟皺起眉：「阿因，你又幹什麼了？」

「我只是猜測啦，你查看看就知道了。」他只是在推測王鴻等人與林秀靜的關係。

眼前兩個大人看了他一眼，各自陷入沉思。

「林秀靜的話……」打開手提電腦，嚴司進入一個黑色的網頁，輸入了一串密碼，網頁上立即出現一整批的名單。「在台中以及附近縣市失蹤人口的名單當中，的確有一個叫林秀靜的女孩子，在半年前被提報為失蹤人口。」

「失蹤人口？」虞因心中有一種大大不妙的感覺。「她是不是和我差不多年紀的女生？

還留著一頭黑色長髮？」

「等等……」使用著不太熟悉的介面，嚴司敲著鍵盤皺起眉。

「阿司，電腦借我查比較快。」虞佟借來了手提電腦，改上另一個網站，幾個身分確認的動作之後立即調出一連串的資訊與名單，然後螢幕上秀出了好幾張生活照，照片裡的主角都是同一個人。

一個黑色長髮的女生，長得清清秀秀的，看起來挺單純漂亮。

「就是她。」虞因一見到螢幕上的女性，立即認出就是那個站在人群之後衝著他笑的人。雖然有點不同，可是整體感覺仍是一樣的。

「林秀靜，原本是住在台中市臨苑大廈。在半年前她家人來提報失蹤，當時紀錄理由是疑似與男友私奔，但是卻不知道對方是誰。家長那邊沒有底，就連她有男友這件事情都不知道，是在事後察覺不對，看了日記、電腦記錄，又詢問幾個與女兒私交親密的朋友之後才這樣推測。」盯著螢幕上的資料，虞佟繼續說：「失蹤時就讀私立理東科技大學……」

他停住，然後望向虞因。

「跟我同校？」

虞因皺起眉，突然有種好像全部串聯在一起的感覺。

林秀靜就讀的是他的學校。受傷的阿關也是同校，阿關在打工的地方有她男友，包括阿關在內，還有朱毅、何霖研和王鴻都在同一家電子遊樂場工作。

這些代表什麼？

「好吧，我們先去取林秀靜的資料來比對血跡。」嚴司在看了資料與兩父子的反應之後點點頭：「反正血跡也需要一一比對，不差這一個人。」

「阿司，謝謝。」

嚴司點點頭。

「對了，大爸，你可不可以幫我留意一下林余大這個人？聽說他最近心情很低落，所以……」虞因頓了頓。他眞心相信林余大不會與林秀靜這案子有什麼關係，畢竟那位大叔眞的人很好。

虞佟看了他一眼。「好，我會請負責那邊的同事注意。」

在討論差不多結束以後，幾人才發現不知什麼時候天色已經深沉，抬頭看看時鐘，已經是半夜一點。

「阿因，你跟聿先回家吧，我先把林秀靜的資料回傳給組裡的同事。」虞佟整理好手邊的東西之後，站起身。

「好。」虞因點點頭，今天一整天發生一堆事情，他也已經夠累了。

「被圍毆的同學，記得要按時用消炎藥跟止痛藥喔，不然你半夜會痛到死。」嚴司給了一個應該算是非常善意的提點。

「好啦！」

□

安全無事回到家時，已經是一點半前後。

聿靠在他旁邊半睡半醒地走進客廳，一看見沙發，立即飄了過去。

「聿，要睡去房間睡，客廳冷。」拉住他的手往房間帶去，虞因把人丟上床鋪後，回到自己房間想休息，卻突然睡意全消。

朱毅死去的臉一直在他腦海裡縈繞不去，想起那血流滿面的驚愕表情，他就難以釋懷。

現在死亡的人已經又添增了一個，還有兩個人受到重傷。回想他與朱毅的最後一次對話，應該還有一個叫作立宇的人已經失蹤多日。目前唯有王鴻與趙昱恆還平安無事。

這些人到底是什麼關係？

在經過一連串看似不相關的事件之後，虞因再也無法說服自己這些其實只是單純的巧合。

拿出筆記本，在上面寫下這些人的名字以及狀況，虞因考慮了一會兒之後，也在上面寫下他們最後說過的話。

阿關說「靜、對不起」。何霖研則是說「放過我」，而今天朱毅是說「不是我殺的」。

這樣看來，那個叫作林秀靜的女孩子可能真的已經……

他在死亡的人名上打了一個叉叉。

等等……所有出事的人裡面，只有林余大什麼都沒說，而且他的傷勢算來也是最輕的。

難不成林余大介入沒那麼深？

就在虞因起疑的同時，猛地房內電燈一明一滅，彷彿燈管即將燒壞。

「不會吧！在這個時候？」虞因哀嚎了一聲，現在電燈管燒壞，不知道二十四小時便利商店有沒得買替換的。

電燈一閃一閃，整個人的眼睛也跟著痛了起來。

看了一眼時鐘，虞因實在不想在大半夜出門，因為從以前開始，半夜出門就很容易遇到另外一邊的好兄弟什麼的，所以他是盡量可以避免就避免。看了眼旁邊的檯燈，打算關了日光燈明天再換。

就在想放下筆記本時，虞因停下了動作。

筆記本上原本應該只有幾字的頁面慢慢浮現紅色的字跡——

不要

妨礙

我

紅字越來越多，像是印表機失控一樣在紙上不斷蔓延。

在那些字即將碰上自己指尖的半秒之前，虞因猛然將筆記本摔在地上。本子的背後不知道什麼時候沾滿了泥土，一點一點地在地面上散開，房間裡突然傳來一股腥臭味，濃濃的腐敗氣息像是有什麼東西臭爛一般，讓人噁心想吐。

虞因跳下床捂著鼻，重重地咳了好幾下。

他被貓咬到的腳踝開始劇痛不已。

房間的電燈啪一聲整個暗了，一片黑色之間，虞因只覺得臭味越來越重，有個像是什麼拖移的聲音慢慢靠近他。

他感覺到有個氣息吐在他頸邊。

那個高度，矮他半頭。

倒退了好幾步，虞因也不管到底是什麼東西，隨手拿了旁邊可以拿的擺飾，就直接往那方向砸過去，好幾個落空，其中一個命中「咚」地好大一聲。他聽見有什麼東西被砸中，發出了很奇異的聲音，還有噗哧噗哧的怪響，彷彿有什麼東西夾著氣泡冒出來一樣。

他嗅到某種帶著血味的腐臭味。

黑暗中，他看見有個像是人的影子在搖晃，一晃一晃的，又開始逐漸往他逼近。

就在那瞬間，門外突然傳來好大的敲門聲。

咚咚咚的，急促又激烈。

那一秒，什麼影子、臭味全都消失，房中的燈又啪地亮起，整個房間給照得大亮，哪還有電燈燒壞的跡象。

敲門聲又響起。

虞因抹了一把臉，這才發現自己滿面都是冷汗。

「來了。」巡視了一下房間，真的什麼也沒了，虞因才鬆了一口氣去打開房門。

門一開，看見聿抱著枕頭站在房外，眼睛紅紅濛濛的，好像是睡著又醒來的樣子。

「這麼晚了不睡覺你在幹嘛？」看著他的樣子，連衣服都沒換，虞因皺起眉問道。

也不打算回答，聿抱著枕頭搖搖晃晃地逕自走進他房間，咚的一聲倒在床上，不用五秒鐘就呼呼大睡了起來。

「喂……喂！」

真的給他睡著了！

虞因搖了他兩下，真的睡死了，一點反應都沒有。

算了，反正剛剛發生那種異常現象，自己也有點怕怕的，今天晚上就分他一半床睡好了。

被嚇了一次，虞因也有點累了，跟著倒在床旁的空位。

原本應該已經睡著的聿突然睜開眼、皺眉，然後捏著鼻子看他。

「幹嘛，你那什麼反應啊！」虞因下意識地拉起自己領子嗅嗅，一個腐臭味猛然竄入鼻孔，差點讓他吐出來：「好啦好啦，我去洗澡。」他瞪了來侵佔床鋪的小鬼一眼，翻起身拿了衣服走進浴室。

簡單地沖浴出來之後，聿已經睡翻到世界盡頭去了。

虞因踏進房，看見被自己砸在地上的筆記本上面還沾著來路不明的泥土。

他不敢去翻正面寫了什麼。

直接撿起筆記本丟到垃圾桶去，就躺倒在床上。

睡覺。

□

他像是作了一個夢。

一個連他自己也不明所以的夢，夢中充滿了奇怪的貓叫聲，還有幾個看不清楚的模糊影子。

那些代表了什麼？

四周都是黑色的，他腳下踩著的是濕冷的泥土。

就在黑色空間壓迫讓人不由得想逃開時，他聽見腳下傳來某種奇異的聲音，某個東西蹭著他的腳邊。

下意識低下了頭，他看見腳邊的泥土有個給人挖開的小洞。

洞下，一只翻白的眼睛朝上望著他。

「哇——！」

猛然驚醒，虞因只感覺到整張臉上都是冷汗。

四周一片安靜，跟睡前一樣，就是他的房間。

「什麼怪夢……」餘悸猶存地擦著臉上的冷汗，虞因翻動了一下床頭的時鐘。

清晨六點，窗外散進微弱的陽光。

起床時注意到本來應該睡在旁邊的聿不知跑哪去了，他換了衣服到客廳，才聽見廚房裡傳出煮東西的聲響。

「大爸？」

一走進廚房，他就看見聿站在本來應該是大爸專屬的位置，正熟稔地準備早餐。「怎麼是你在弄東西？大爸呢？」

聿停下動作，遞了一張紙給他。

紙上抄著一排數字，是陌生的電話號碼。

「誰家的號碼？」虞因疑惑地拿著那張紙走出廚房，在客廳坐下然後撥打那個號碼。那頭傳來聲響，不到數秒鐘立即就接通：「喂？我是虞因，有人找我嗎？」

電話那頭停頓了一下，有講話的聲音，然後立即換人接。

「喂？被圍毆的同學？」

「嚴老大？」沒想到會直接接到嚴司那邊，虞因也愣住了。「你找我？」

「對啊，剛剛打過去時接通了沒人講話，我想大概是你弟，就叫他先抄電話號碼，等你有空再給你。」電話那頭相當吵雜，不時還有許多人講話的聲音，讓嚴司的聲音也不由得放大了些，「要告訴你一下，我們昨晚連夜比對了林秀靜這個女孩子的資料，初步檢驗的資料全都符合，現在已經通知她的家人來進一步做比對。」

「全部符合？」虞因突然覺得頭皮開始發麻：「那要證實是本人要多久時間？」

「欸……這個要看她家人的配合程度，如果今天採樣，應該很快就會有報告出爐了。」電話那頭頓了頓，傳來電腦鍵盤的聲響，可見對方的忙碌，「對了，你大爸二爸叫我順便告訴你說，他們今天要去偵查另外一個案件，所以晚上不回去了。你手機是不是關機啊？打不通咧。」

「喔，我手機壞掉了，謝謝你特地告訴我啊。」虞因看了一下丟在桌上的報廢手機，想著今天應該拿去修理了。

「那就這樣，我還在忙，拜拜。」

「再見。」

掛掉電話之後，在廚房忙碌的聿剛好捧著餐盤走出來，看了他一眼之後，把盤裡的兩份早餐放上桌。

「欸……你也很會煮東西嘛。」看著大碗裡盛著的鹹粥，虞因一秒就敗倒在誘人的香氣之下。沒想到這小鬼還有這樣絕活，他家全都靠大爸煮吃的，二爸跟他是標準的廚房白痴，除了簡單的荷包蛋和泡麵之外，最大的專長就是燒掉廚房。所以，每次大爸不在他們就要吃外食，除了悲慘之外，就沒有別的可以形容了。

聿勾動了唇，卻不是微笑，他就在沙發椅對面坐下，靜靜地開始吃自己的早餐。

一邊吃著熱騰騰的鹹粥，虞因又想起昨晚的事情。

為什麼那玩意叫自己不要妨礙？難不成她眞的想把所有人都給殺死才甘心嗎？這樣下一個輪到的會是誰？

就在他努力思考可能的人選名單時，一個東西被推到他面前。

抬頭，看見那本應該被他丟到垃圾桶的筆記本，不知道什麼時候被拾回，且已經整理得乾乾淨淨，一點泥土什麼的都沒有了：「你把這個撿回來做什麼？」虞因疑惑地看著對座把筆記本推過來的人。

翻開了筆記本，上面還有幾個紅字，就是昨晚出現的那幾個字。

一見那些字，虞因整個人就毛骨悚然起來。

那件事果然不是作夢，虧他還以為今天起床後應該什麼都沒有了，果然現實是沒有辦法靠自我催眠欺騙過去的。

伸手翻過下一頁，聿點點上頭。

那是新的頁面，原本應該是空白的，不過現在寫滿了陌生端正的字體，虞因抬頭看了他一眼，全都是聿的字跡。

上面寫滿著所有事件相關人的名字，將他前面雜亂記錄的事件全都整理好了，包括出事的時間與地點，還有最後說過的話。

「你起了大早就是在整理這些東西？」虞因微微一愣，沒想到他居然會如此關心。

他重新將資料瀏覽過一次，視線落在行蹤不明的「立宇」兩字上面。

目前被殺的都是王鴻一黨人，虞因開始擔心此人會不會就是下一個目標？

就在他發怔的同時，聿突然橫過手，拿了筆就在一邊寫下幾個大字：「**遊樂場到醫院的路程？**」

「路程……」像是突然想到什麼，虞因猛地一拍桌，整個人站起來：「對啊！遊樂場到醫院只有五分鐘路程！而且林余大還是醫院邊的駐點計程車！」他知道像這種的駐點計程車幾乎固定時間都會在原地等待客人。

等等……

如果是這樣……

虞因心中立即浮現一個令他自己都發毛的猜測。

「聿，等等吃飽我們去拜訪林余大。」

□

九點鐘，把手機拿去送修順便繞去牽回摩托車之後，虞因兩人順著年輕司機給的地址，到了位於另一區的醫院當中。

是個不大的小醫院，以照顧住院病人為主，而門診治療為副。

「在六樓的特別病房……」對照著紙張上的病房號碼，虞因找了部電梯直達六樓。

林余大……

如果他沒有猜錯，這個人應該是很關鍵的人物。

在六〇八房前停下後，虞因吐了口氣，伸手敲了敲門，在裡面傳出請進的聲響之後，他便推門而入。

那是一間雙人房，不過其中一張是空床，另一邊床上則坐了個人。

「你是……」

那人整個上半身和頭部都纏滿了繃帶及人工皮，說話的聲音有點虛，感覺上就是還未恢復。而一旁則擺放著包裝未拆的壓力衣什麼，另外，房中還放了些水果餅乾，像是有人定期來探望。

「你好，大叔。」虞因把自己買來的水果籃放在一旁的櫃子上。「你還記得我們嗎？那天半夜去買雞桶的。」他推推聿往前站一些，然後道。

「喔喔，那一對兄弟。」林余大站起身，踉蹌了下，虞因連忙去扶住他。「你們怎麼知道我轉院來這了？」

確定他站穩之後，虞因勾起微笑：「遇到上次載我們回家的先生，問來的。因爲我們也很擔心大叔的傷勢，一直想來看看，可是你轉院之後就不知道轉到哪去了，所以……」

「你們還眞有心。」林余大笑了笑：「人來就好了，還帶水果哩。」

「這是一定要的啦。」

自行在旁邊空床坐下，虞因打量了一下環境，大致感覺還不錯，很清靜。「大叔，你們車行真不錯，還幫你找這麼好的地方。」

「唉……暫時而已啦，之後還不知道要怎樣討生活……」搖搖頭，看來心情很低落的林余大又嘆了口氣，在一旁病床坐下：「現在變這樣，還有誰敢坐車。」

聿坐在虞因旁邊，晃著腳，沒打算介入兩人對談。

「大叔，你也不用難過，天總會留一條路給人走的嘛。不是還有一些基金會，你只要去諮商看看，他們也會協助你重回工作崗位的，所以不用那麼快就灰心了。」虞因說著，然後走到他身邊拍拍他的肩膀。「而且大叔人這麼好，我想到哪邊一定都不會被人嫌棄的。」

林余大搖搖頭，卻沒再說什麼。

畢竟燙傷不是可以完全恢復的傷痕，太多人從此以後就灰心失意，要走回原本的生活還有很漫長的辛苦路程。

虞因也不強迫人家一定得接受自己意見，就沒再多說什麼，現在林余大需要的是時間來做調適。

過了半晌，林余大才打破了寧靜：「對了，你們要不要吃點糖果餅乾？這邊很多，自己拿沒關係。」說著，熱情地把一堆糖餅全搬了出來，高高疊了一座小山。

「大叔人眞好耶，上次我去問另外一位先生時，他也說你之前很慷慨地請他們吃宵夜。」虞因接過一包巧克力球拆了封，三個人一起分食起來。

「對啊，難得那次有人出錢包車，一包就是一、兩小時的車程，來回給了快一萬的夜路錢，算是大客戶了。」一提起那事，林余大就挺高興了，精神也跟著好了很多。「後來回去也差不多天亮了，三、四點左右，說是吃宵夜，還不如說是請大家一起去吃個燒餅豆漿什麼，算早餐了。」

「耶？現在還有人半夜在包車喔？」虞因好奇地問著：「我還以爲大家都不太喜歡花大錢坐計程車哩。」

「哈哈，我也是這樣覺得。」吃了顆巧克力球，林余大跟著點點頭。「不過對方是特地來醫院叫車的，說半夜沒車可搭，又多給了錢。不然平常我也不喜歡半夜跑山路，感覺就是很怪。」

「去醫院叫車？」

「對啊，應該是住附近的人吧，拿了一大包那種黑色大垃圾袋，看起來好像是雞肉的東西，說要送去給住在山上的親戚。」林余大把剩下的巧克力全倒在聿的手上，一邊閒聊：「可能是剛宰的，他們說親戚早上六點會下山，所以要趕夜車過去，聽說是要辦什麼宴會慶祝的，要大量的雞肉燉麻油雞還什麼的，袋子還會滲血。我有叫他們多包幾層，結果回來之後整個後車箱都漏得到處都是血水，要不是看在那筆錢的面子上，我早就叫他們多出一筆清潔費了！」

想起那事情，林余大就哼了哼，但是卻沒注意到虞因的臉色整個變了。

「你、你怎麼知道那是雞肉。」虞因只覺得全身雞皮疙瘩頻起，冷風自腳底吹過。

「喔，因爲我有問他們那是什麼東西，其中一個少年仔還從裡面抓出一包雞肉給我看，而且問我要不要拿一些回去，說他們宰了很多。」

叩咚的細微聲音響起，巧克力球全都從虞因的手上落下。

他知道了……

他知道了……

「叫車的人……大叔還有印象嗎？」他愣愣的，只記得這樣問。

「有啊，當然有，兩個都是少年仔，而且一個染了綠色頭髮，一個染紅色頭髮，看起來就知道不是什麼好小孩。」

林余大的聲音太過遙遠。

虞因只覺得腦袋轟轟聲嗡嗡地響。

「大叔，我突然想起來我們還有事情要先走了，明天再來看你喔！」

說完，他一把抓住蹲在地上撿巧克力球的聿，也來不及說什麼道別的話，立即就往外面衝。

他知道了！

那包東西根本不是什麼雞肉！

左右看看，他抓著聿跑到公共電話前，投幣就狂按二爸的手機電話。

電話嘟的一聲立即接通。

來不及等對方開口，虞因立即衝著話筒大喊：「二爸！快點派個人來醫院來做筆錄！我發現了……」

猛地，他的頭皮整個發麻起來。

話筒的那端什麼聲音都沒有，只有一個淡淡的呻吟聲。

那聲音很低、很淺，緩緩地吐出了幾個字——

「不要——妨礙——我——不要——妨礙——我——」

聲音不停重複。

捏緊了話筒，虞因倒抽一口氣，還來不及詳細思考，他馬上衝著話筒就吼：「我管妳覺得我妨礙到誰！大叔跟阿關是無辜的！」

喀的一聲，對方將電話掛斷了。

嘟嘟嘟的聲音，無限迴響。

甩上電話，斷絕聲音。

那晚林余大運送的東西一定是屍體。

重重地搥了公共電話一下，虞因狠狠地咬牙。

「她」究竟想要做到什麼程度才罷休？

涉及的人真的有這麼多嗎？

那一瞬間，他的腦中只充斥了無數人的面孔，卻想不起來他們的名字。

重重吸了幾口氣之後，虞因抬頭看著公共電話，覺得他也應該有些動作來阻止什麼……

「聿，我們去……」一轉頭，他突然發現應該待在旁邊等的人已經不見了。「聿？」

長長的走廊上只有他被陽光拉長的影子，四周空蕩蕩的，什麼也沒有。

「聿！」

有那麼一瞬間，虞因突然覺得整個人寒毛頓起。

醫院的走廊有這麼空曠嗎？爲什麼連一點陽光都沒有？

他似乎又聽見公共電話傳來的嘟嘟聲響。

整個公用空間就連外面的樹影都沒投入，蒼白得幾乎有點詭異。

細微的腳步聲從身後走廊的另一端傳來。

虞因猛然回過頭，這才看見不知消失到哪邊去的聿眨著眼，不解地站在身後看著他：「你跑哪去了！」看見他又出現，不禁就鬆了口氣，剛剛那種凝滯的氣氛就在同一秒整個煙消雲散了。

在聿之後，又有幾個護士三三兩兩地正聊天走過，也沒瞧他們一眼就離開了。

聿拿起手上的筆記本，上面寫了幾個字。

虞因瞇起眼，看看那些字：「市郊區？」他看著眼前的人，對方點點頭。「這是……」

收回筆記本，聿在上面又寫上了幾個字：「大叔那晚載客的目的地，可是他在山腳就停了，所以也不知道那些人的『親戚家』在什麼地方。」他只是回過頭，再去詢問如此而已。

看著上面的地點，虞因咧嘴笑了，忽然就伸出手用力揉揉聿的髮：「聰明的小孩！」有地點就好辦了，既然想知道林秀靜到底發生什麼事情，直接去找她是最快的方法：「走，我們馬上出發。」

說完，行動力很快的虞因就直接拖了聿往停車場跑。

嘿嘿，幸好有把摩托車領回來，現在要上山下海都跟他拚了！

紙上所記載的地點，離醫院大約一至兩小時左右的路程，直達台中市外的山區。先前虞因跟幾個同學去夜遊過，所以記得地點。

那裡沒什麼人煙，蚊蟲滿天飛，那次夜遊大夥兒還幹聲連連，差點把提議的人抓出來圍打。

等等……那時候是誰提議夜遊的？

為什麼他現在一點印象都沒有？

他記得那時候好像是大家要去夜遊順便烤肉烤通宵，所以才說要找個沒人又風景好的地方，接著就有人提出要去市郊的事情。

那個人是誰？

那天晚上究竟有幾個人一起出去夜遊？

正想拿出手機詢問別人時，虞因才發現手機已經送修了，不在身上，於是打消了念頭。

反正大概想不起來是誰臨時起意的吧，跟這件事情沒什麼關係，等去學校之後再問看看好了。

牽出摩托車之後，虞因也不再細想那麼多，決定先將腦袋中想到的事情先做完再說，拋了個安全帽給聿，就開始發動愛車。

他一定要阻止「她」這樣繼續殺人。

油門緊握之後，猛然加速的吵雜聲響，劃破了醫院的寧靜後呼嘯而出。

就在摩托車離開醫院之後，虞因兩人沒有注意到的地方走出兩人。

「那小子行動力還眞快，連林余大都比我們早一步找上。」望著遠遠而去的翻滾煙塵，其中一人笑了笑，說道。

「需不需要盯著他？」

「不用了，現在我們要專心的是別的事情。」

「嗯。」

□

虞因印象中的山路其實很陡。

雖說那天晚上能見度不佳，大家在山下就停止了。

在車程過後，兩個人在市郊的目的地停了下來。

那是一座沒有開發過的小山。

在山腳處幾乎就已經難以用摩托車往上走，更別說計程車了。

看來，林余大說的地方應該就是這邊無誤。

虞因在山腳處停下了摩托車，四周的雜草叢生，幾乎都有及腰高了，大部分都是割人會痛的芒草，風一吹到處起了波浪，陰陰冷冷的，讓人怎樣都不太想多往前一步。

上回他們來夜遊時也是在這一帶就停，不過因爲已經時隔多日，所以沒什麼確實印象了。

停車之後兩人跳下摩托車，聿在一邊張望了一下，就走過來拍拍他的肩膀指著旁邊。順著他指的方向看過去，虞因看見有一處草叢有被壓輾過的痕跡，整個幾乎都已經平下來，只有一些草還微微往上翹，剛好就是一台車可以出入的大小，不過在不遠處就停了。可以想見的是，當時司機應該是留在車上，而讓另兩人徒步離開。

順著車痕往內探去，果然找到了有人行走過的痕跡。

「聿，你要不要在這邊等？我怕進去裡面會有蛇還是什麼的。」打算往裡面找看看有沒有什麼東西，虞因看了一下同路來的人問著。看這裡這麼荒瘠，搞不好眞的會有毒蛇毒蟲，他只是臨時想到要來，可沒有做什麼防蟲害的登山準備；怕到時候一個中獎就算，兩個就完蛋。

聿搖搖頭，逕自就走了進去。

「喂！你等等如果被蛇咬到，我絕對不管你！」虞因看他一頭直直往裡面衝，很想過去先砸他腦袋；沒辦法，只好也跟上去。

因爲是臨時行動，所以兩人都沒有攜帶入山用具，一路上的雜草只能徒手能撥就撥，不用多久時間，手掌手臂都已經給銳利的野草割得四處是傷，看起來狼狽極了。

「奇怪，入山的痕跡差不多到這一帶而已。」順著新的走道痕跡找了好一會兒，兩人在山腰處停下腳步，越往上的野草就更高了些，幾乎都快要超過肩膀。虞因皺著眉，四周撥弄了草堆看看，怎樣都沒有看見什麼値得懷疑的東西：「再往前就沒有了。」他看了下前路，也全都是一模一樣的高高雜草，且也明顯沒有其他人前進的跡象了。

就在虞因感到不解時，突然有種雞皮疙瘩全冒起的感覺。

長年的經驗告訴他，現在最好不要繼續往前走，因爲不乾淨的東西太多了。

不過看來也很難繼續往前，因爲雜草越高、視線越不良，現在連腳下可以走的路都看得很勉強了，繼續往前走自然會有危險。

聿就在他附近停下來，等著他接下來的行動。

「我看今天就到這裡好了，反正也找不出什麼東西，天色也不早了……」虞因看了一下手錶，然後疑惑地揉揉眼又重看一遍確定：「怪了，才兩點多，怎麼看起來好像很晚了？」

他抬頭，天空是灰灰暗暗的顏色，讓他有一瞬間以爲已經要傍晚了。

山腰起了風，涼透入骨。

虞因打了一個寒顫，這次眞的感覺到大事不妙了：「聿，我們快回去。」說完，他拉了聿的手連忙往下山的路走去。

雜草隨風搖晃，幾乎將他們剛剛走過的路掩蓋起來。

他越走越急，到最後也顧不得後面的人能不能跟上，幾乎是要跑起來，不過因爲山路雜草太多難走，好幾次兩人都走得踉踉蹌蹌。因爲是急著離開山區，虞因也不管這麼多，看到雜草就用手大力揮開，管他要倒要割，陣陣傳來的痛楚也都全不理會。

他知道這種狀況。

之前也遇過好幾次，起大風、雞皮疙瘩外加到處都不對勁，標準的好兄弟即將出場傳統畫面！

被拉著跑的聿緊緊捉住他的手，雖然不太明白因爲什麼會突然跑得像有什麼東西在追，不過還是努力地跟著排除旁邊的雜草向前跑。

大約過了好幾分鐘之後，虞因乍然停下腳步。

後面的聿小小聲地喘著氣，也跟著停下。

虞因整個人都毛了。

他看見前方是上山的路。

剛剛他們停下撥草查看的痕跡就在身邊，被壓壞的雜草堆開了一個大口，像是正在取笑他們。

風聲呼呼吹著，像是吹在空屋當中不斷傳來巨大的回音。

「你看不見那玩意對吧。」他轉過頭，看著一旁不知所以然的聿，後者一臉疑問，不過大約也知道他在說什麼，於是點了點頭：「等等如果不舒服就閉上眼睛，什麼都不要看，什麼都不要聽。」

紫色的眼睛瞧著他，過了半晌點點頭。

「乖小孩。」虞因從口袋後面拿出皮夾，裡面翻出個大爸之前幫他不知道從哪邊求來的平安符，就掛在聿的脖子上：「你如果出事，大爸二爸會宰了我，所以給我乖乖的不要輕舉妄動。」如果那些東西只是純粹好玩的話，應該很快就會離開了。

這是按照他的往常經驗推測，不過他倒沒遇過很凶的就是了。

本來想拿下平安符的聿看他講得這麼嚴重，也不敢輕舉妄動，就騰出右手抓住虞因的衣襬不放。

風、忽然停了。

四周的雜草不再搖晃，卻添增了更冷肅的氣息。細縫之間連一點聲音都沒有，只聽見了自己的呼吸聲。

虞因把聿拉到身邊，凝神地注意著四周。

然後，右方的草動了。

沙沙的，往這邊過來。

什麼東西？

他拉著聿，一步一步往後退。

就在一瞬間，草叢中猛地出現了青綠的顏色，虞因還來不及反應過來，那東西直接竄出草叢，就往他膝蓋地方攻擊。

一條蛇。

青綠色的長蛇張大了口，嘶嘶的聲音劃破了寂靜，森白的牙眼見就要往他膝蓋咬下。

旁邊的聿動作更快，鬆開手直接一把抓住蛇的七寸處，往上一拽，整條綠蛇被拉出來，居然有半個人那麼高。

「聿！當心！」嚇了一大跳，虞因連忙就要去幫忙制住毒蛇時，突然覺得腳下一個踩空，四周的泥土陷下：「喝！」

一隻手拉住他的腳踝。

然後，用力向下拖。

遇到鬼打牆了。

往下摔去的同時，虞因只想到這件事情，然後看見上面的聿居然露出驚慌失措的表情。

這幾天看到的都是他木然的臉，沒想到他居然會有這種表情。

聿的後面有個影子。

很熟悉。

「阿關……？」

然後，他摔到底，重重撞上不知道什麼，就這樣昏過去。

四周立即陷入一片無盡的黑。

□

「林小姐……給我……注射劑……」

一片吵雜。

似乎有很多人在說話。

「……止血紗布……」

他的頭很痛，像是要炸裂開來一般。

就在那些說話聲都混在一起時，他感覺到有東西輕輕抓住他的腳踝，然後冰冷的感覺立即蔓延了全身，令人顫慄。

他不確定自己有沒有睜開眼，但是剎那間視線猛然與一雙凶狠的目光對上。

「不要妨礙我！」

女人尖銳的尖叫聲。

哀嚎，一群男人淫笑的聲音。

她在求他們放過她。

他們只是笑，抓住她的手、她的腳就往黑暗處拖，爲了不讓尖叫聲傳出去，於是在她的口中塞了布團然後貼上膠帶，她連替自己哭的聲音都發不出來。

那個場面太過眞實，就像確確切切出現在自己的眼前一般。

有人看見，卻不阻止。

然後，關上門，抱著頭逃離。

女人在哭，男人在笑。

那些聲音交錯在一起，全部塞滿他的腦袋。

猛然，停止了。

山貓喵喵的聲音開始迴盪。細小的聲音哀悽著，然後由遠而近，像是貼在他耳邊嘶叫。

女人斷氣了。

「住手！」

所有的畫面在他掙扎著喊出聲音之後，突然全都消失，眼前乍然傳來刺眼的白光，然後映入好幾張面孔，因爲他猛然一喊時，所有人都跟著停下了動作。

那些面孔中有一個是熟悉的。

「歡迎回來人間，被圍毆的同學。」號稱是法醫，可是常常越界撈飯碗的嚴司，手上還拿著沾血的紗布，輕輕地晃了晃跟他打招呼。

「這裡是……」虞因悶哼了一下，立即躺倒回去。

他嗅到濃濃的消毒水味道，四周站了一些護士，天花板與牆壁都是雪白。

醫院？

「這裡是臨時病房，你在山上摔到山坑裡面，幸好虞警官接到通知，馬上聯絡最近消防隊去救你，不然你剛好順便填土就直接長眠在那個坑裡了。」嚴司把手上的東西交給一旁的護士，然後接過紗布開始幫他包紮：「嘖嘖，七處撕裂傷、N處小割傷，瘀血處還沒幫你算……如果你不介意被脫光慢慢算的話。全部一共縫了三十一針。被圍毆的同學，你最近可能走血光之災，有沒有考慮去改個運啊，看看會不會運氣好一點。」

虞因白了他一眼。

他稍微轉動視線，這才發現頭一動就痛，上面也包了繃帶，可能曾撞到東西。

「被圍毆的同學，你最好不要亂動乖乖靜養，畢竟頭砸頭是很痛的事情，還有腦震盪危機喔。」壓住他的肩膀阻止他起身，嚴司示意旁邊的護士接手處理。

「頭……頭砸頭？」

頭撞到石頭嗎？

嚴司露出一抹很奇怪的笑：「人頭砸人頭。」

「什麼意思？」虞因皺起眉。

「話說，當消防隊發現你的時候，你摔到山上的坑裡面，估計有一層樓高。而我們英勇的消防人員深入地底救人時才發現，除了你之外，還躺了另外一個人。」

「聿？」一想到他，虞因又掙扎著想起身。不會吧！聿也掉下去了嗎？

「不是啦，不用緊張。」嚴司很順手地又把他按回去。「消防人員在坑裡發現了一具屍體，屍體的頭被撞開一個洞……你有沒有覺得你的頭黏黏的，記得回去要拜個拜然後洗頭，不然你很快就會變成萬眾唾棄的對象。」

忽略掉整段廢話，虞因自行做出正經的結論。

坑裡面有屍體？

「是林秀靜嗎？」他立即追問。

不會這麼巧吧！

出乎意料之外，嚴司搖搖頭：「不是，是一個男的。根據屍體狀況初步判斷，起碼已經死了有四天以上。致死原因是摔死，出血過多加上地處偏僻，所以才延誤送醫。」頓了頓，他接著繼續說：「所以不是你撞死的，你可以安心了。」

虞因又白了他一眼。

約幾分鐘後，護士包紮完畢開始整理東西，旁邊的門被人輕輕推開。

他一眼就看見聿站在外面，於是虞因朝他招招手。

聿立即走進來站在他床邊，紫色的眼有點紅。

「被圍毆的同學，你自己斟酌一下狀況，不要講太多話。」嚴司拍拍聿的肩膀，然後這樣告訴虞因：「還有記得，如果有力氣爬起來了，最好先去洗個頭。」

「……去你的。」

這是虞因送他的回答。

嚴司聳聳肩，然後哼著歌就先到外面了。

護士們忙完也開始四散去處理別的事情，最後一個護士調完點滴、幫他整理好棉被之後，又低頭交代了聿幾句話，也才跟著離開。

四周沒人，聿左右看了看，拉了椅子在旁邊空位坐下。

「是你打電話給二爸的？」虞因皺了眉，先問這件事情。

搖搖頭，聿翻出自己的本子寫了字給他看：「不知道，不是我。」

不是？

虞因想不出來那種地方哪裡有電話可以立即打給在出勤中的虞夏……畢竟知道他們到小山去的人數應該是零吧。

那種狀況下，有誰能打電話？

他的頭隱隱約約地作痛著，他好像遺忘什麼事情了。所有的記憶都中斷在看見那條蛇的瞬間，接下來摔進洞裡的其他事情，他就全都不曉得了。

「後來你有沒有受傷？」他上下打量了一下。還好，雖然髒了一點，除了被雜草割的那些小傷口之外，聿大致上沒有受傷。

聿搖搖頭，然後伸手揉揉眼，打了個小小的哈欠。

注意到他的動作，虞因左右張望著要找時鐘，然後在一邊的牆上找到了電子鐘，上面標示著十一點四十五分。

他昏這麼久？

□

房外突然傳來超級吵鬧的聲音。

下一秒，病房的門忽然給人用力踹開，碰的一聲把聿給嚇了一大跳，整個人跟著清醒過來。

「你這個小混蛋！我不是叫你不要多管閒事！」轟轟烈烈衝進來的虞夏夾著極度凶猛的氣勢直飆病床旁，也不管上面躺著的是傷患，一記暴栗就往他額際敲。

「二爸，會痛耶！」捂著被打的腦袋，虞因精神也跟著整個好起來：「剛剛人家才說我有腦震盪危險，你還敲！」

「負負得正你沒聽過嗎！敲一敲就不會盪了啦！」虞夏臉色異常地臭，一屁股就在床邊坐下，整個病床跟著一沉，顯示了他的憤怒。「你大爸聽見你被送醫，嚇得要命，被我鎖在家裡。」

「你沒事鎖大爸幹嘛？」虞因盯著雙胞胎裡最殘暴的弟弟發問。

「讓他不要跟來礙事。」虞夏回答得非常理所當然。接到電話之後，有個人神經錯亂得一下子要拿衣服，一下子又要用食物，一下子又要找什麼資料團團轉，結果號稱最冷靜的警局第一行政交椅像隻蒼蠅一樣在家裡撞牆撞了三百次，他完全看不下去之後，就只差沒打昏對方，只把他鎖起來算是很善良了。「反正你又沒翹，要進補也不差現在，你大爸要是來，絕對會把這裡整個整頓過，然後會拖著我一起幫他，真麻煩！」一想起自家有潔癖的兄弟，他哼了哼。

虞因覺得自己最好不要講話，要不然一定會每講一句被揍一次……他很了解二爸的個性，絕對會這樣做的；他是那種連垂死的犯人都不會留情，還會掐著對方脖子逼供的惡鬼，一出生就忘記把所謂的善心給帶出來的那種人。

他瞄了旁邊，聿已經躲很遠，坐在窗邊翻他不知道從哪邊拿來的書，完全沒打算加入他們父子愛的交流。

「對了，你跑進山區幹嘛？」修理過後，虞夏環著手，開始問正事。

見也不能瞞，虞因就把林余大的事情說了一遍，包括他的推測：「我總覺得所有的事情都指向那間電子遊樂場，你知道我說的意思是什麼。而且，對於那隻貓跟那個女生我一直很在意，所以或多或少，我想試試看能不能做些什麼。」

虞夏皺起眉，像是思考了半晌，然後才開口：「關於林余大，因爲計程車驗出血跡，我們已經在今天下午正式請得上面的指令，派出專員與他對談，詳細的狀況就和你問到的差不多。因爲叫車的兩人都是電子遊樂場的人，所以警方已經開始介入調查。」他說著沉重起來。「阿因，從查案到現在，你受了多少傷你自己應該清楚，我希望你不要再管這件事了，剩下的我們會幫你追查出來，絕對不會遺漏。」

看著二爸難得的正色，虞因咬了唇，不知道該不該答應。

「畢竟，你只是一個學生。」

然後，虞因看了虞夏很久，才慢慢地點了頭。

「好，那就這樣先說好了。」虞夏鬆了口氣，就怕這叛逆子跟他搖頭：「對了，深坑裡面那個人的身分已經查出來了。他身上有證件所以不用花時間，且他的髮色特別，立即就知道身分了。」

聽見他這樣說，虞因的眼皮突然跳了跳。

「他也是電子遊樂場的員工，謝立宇，今年二十四歲。」

「發現在市郊的屍體爲電子遊樂場員工謝立宇，根據同事提供的情報，這人已經有好幾日沒有去公司上班，至於爲什麼會死在那個地方，也沒有人知道。」

拿著現場拍攝的相片，虞夏說：「比對驗屍報告和以上證詞，可以推測出謝立宇的死亡時間在四天前晚上八點左右。四周搜尋不到任何交通工具，所以，現在正在通聯各個路口調查看看他是如何進到山區的。」

週一的一大清早，虞家四口子就在醫院的單人病房中全員集合。

「小聿，幫我鋪一下桌子。」把醫院當自家的虞佟從外面買來許多早餐，一個一個拆開擺放，大部分都是些蛋餅、蘿蔔糕一類的東西，還加上了牛奶跟豆漿。

聿拖出小桌子，把準備好的東西擺上桌。

「喂喂，我說你們幾位，聽說病人好像需要休息不是嗎！」躺在病床上的虞因臉上淌下三條黑線，辦公的辦公、野餐的野餐，是啥狀況啊！

他應該是個傷患吧，需要的是靜養吧！

現在這裡是怎樣，難不成病房門口的牌子掛著的是「想野餐放鬆請自行進入」嗎？

「笑話，你需要休息嗎？」虞夏放下手上的相片，用一種很瞧不起人的口氣冷哼：「破病少年雞，撞一下就爬不起來，想當年我跟你大爸還往槍林彈雨衝個十幾回，眉頭也沒皺過。」又不是沒當過傷患，他可是經常在當的咧。

「會說想當年的人就是代表已經老了。」虞因撐著下巴，哼回去。

「小鬼，你再給我說一次看看！」虞夏開始行使暴力。

「喂！我是傷患耶！」抽起枕頭抵擋暴力，虞因發出強烈抗議。

居然在醫院裡面毆打傷患，這還有沒有天理啊！

無視於把病床當作競技場的兩人，虞佟和聿整理好桌面之後自行開動，暖暖的熱氣冒起來，香氣一下子充滿了整間病房。

吵鬧了幾分鐘之後，病房房門猛地給人一把拉開，床上的父子檔剛好上演到互相扯嘴。

「這兩位先生不會太刺激了一點嗎？」拿著一籃水果站在門口，嚴司挑挑眉，看著床上一個傷患跟一個傷患家屬的大戰：「當心護士會來罵人喔。」

對瞪了一眼，虞夏、虞因互相發出了哼一聲，雙雙別開頭。

「阿司，你怎麼一大早過來？」虞佟站起身問著。

「路過，順便替人家拿虞警官要借的相片過來。」嚴司晃晃手上的黑色公事包，然後從裡面拿出一套相片：「何霂研死亡現場的相片。」

「借我！」跳下床，剛剛還在叫自己是傷患的虞因，劈手拿過相片，開始一張一張檢視起來。

相片上大部分幾乎都是屍體的特寫，另外就是房內一些重點位置。上吊的屍體並沒有什麼特別的地方，繩子的痕跡也無不對勁之處，不管怎樣看起來都是自殺沒錯。

旁邊的聿也湊過來看。

「看起來好像沒有什麼特別的地方。」虞因連續翻了好幾張之後，只得到這個結論。眞的什麼怪異的地方都沒有。不過，從相片裡可以看出來何霂研住的地方挺小的，感覺就幾坪大，房間裡就一張床、一台電腦，衣服什麼的都摺疊收在旁邊的櫃中。

「據說何霂研這個人生活還蠻節儉的，連住宿的地方也是找一個月四千元的小房間，賺來的薪水扣掉日常生活支出之後，大部分都寄回家給阿嬤，除了出入電子遊樂場之外就在家裡，算是個生活很固定的人。」虞夏一屁股坐到旁邊的位置，開始嗑他的早餐。

「這樣子的人怎麼會想要自殺啊……」疑惑地看著相片，虞因實在是很難理解。既然會將錢寄回家，就代表他應該也是挺負責的人，怎麼會一聲不吭就突然自殺了。

而且，經過那天晚上的事情之後，他怎樣想都不覺得那真的是一起單純的自殺案件。

皺起眉，虞因又翻了幾張相片，一下子就翻到了最後一張。

那是一張拍攝四周的相片，就像每個現場都會有的環境照片。

引起虞因注意的不是房間裡的擺飾或是什麼其他線索，而是相片中最旁的牆壁上。

有個女人的影子，模模糊糊、不太真實。

但是，很明顯的就可以看出是一個女人的形體。

「二爸，怎麼其他照片沒有這個影子？」把同樣拍四周的相片翻出來，虞因檢查了所有相片的牆壁，全都沒有女人的影。

虞夏接過相片，疑問馬上就浮上臉：「怪了，那天鑑識人員以及現場蒐證人員裡面沒有女人啊。」他瞇著眼又仔細看了一次，不過影子仍然存在：「還真的是個人影，但是其他的也沒拍到……」

「你們該不會拍到傳說中的靈異照片吧？」嚴司湊過來，把相片抽過去端詳：「喔喔，真是神奇，還真的是一個女人的形體，而且剛好在死者上吊位置的正下方，你們要不要拿去靈異節目投稿一下啊，他們還會請大師幫你分析喔。」

虞因白了對方一眼，然後將相片抽回來。

「已經證明是自殺了，我看八成是剛好照到什麼的影子才產生誤會，別想太多。」虞夏抽走相片，順便回收虞因手上那疊：「相片也看了、問題也問了，現在開始你就給我當個職業傷患好好養傷，學校那邊已經幫你請了一週的傷假，不要想給我找藉口溜走。」

虞因眨著眼，一臉無辜。

「別想！就算你眨到眼珠掉下來，也別想給我出去！」虞夏賞他一記鐵拳。

「我吃飽了。」從頭到尾都沒加入戰局的虞佟優雅地放下手中杯子，發出愉快的聲音：「時間差不多了，我先去上班，你們幾個慢慢聊。」

「等我！」注意到時間已經接近九點鐘，虞夏拋棄了原本話題，連忙跟著衝出病房。

兩個人走掉之後，房中的確安靜了許多。

虞因瞇起眼，看著旁邊正在好整以暇削著梨子的某人：「你不用上班？」這傢伙很閒嘛！

「我是輪值晚班外加有事出勤，所以現在很閒是正常的。」順便幫水梨雕花，嚴司把開花的水梨找了個盤子裝起來遞過去：「倒是旁邊那位小朋友不用上課嗎？」他看向旁邊的聿，問著。

「呃……」對耶，他怎麼沒想到這件事情。大爸說他快滿十八歲，照理來講，應該要高三了才對，這個時間就應該跟大家一起去上課：「聿，你讀哪邊？」

聿搖搖頭，打開筆記本寫著：「休學。」

「休學？」虞因皺起眉，大爸應該不會放他這樣一直休學才對。

他點點頭，卻沒說理由。這樣反倒讓虞因不好意思強問了。

可能他需要休息一段時間吧？

就在房裡不期然陷入一片沉默時，嚴司的手機突然響起：「離開一下。」他拿了手機就離開病房。

虞因坐在床邊，突然想到了剛剛的相片。

現在所有人都已經死了，他所知道的就只剩下兩個人還留在電子遊樂場。

王鴻、趙昱恆。

他想確定一件事情。

那個他在夢中半醒半昏時候所聽見的聲音，其中一個笑聲就與王鴻的幾乎一樣。

轉過頭，一旁的聿正盯著他：「你知道我要去哪裡。」虞因站起身。幸好大爸有幫他帶來換洗衣物，他挑出襯衫和牛仔褲換上。雖然還有點頭暈，可是並不影響行走。

也跟著站起來，聿就尾隨在他後面，不阻止但也沒贊成，就只是跟在後面。

「……你眞的很愛跟耶！」

□

週一。

電子遊樂場不像往常一般，大門正深鎖著，就連鐵門也被拉下來，不見先前來時看見玩客往來走動的景象。

換了幾班公車才到的兩人看著鎖閉的鐵門，一時之間也不曉得接下來應該怎麼辦。

四周空盪盪的，就好像他前幾天看見的光景只是個假象。

「奇怪了……為什麼今天會關成這樣？」虞因環著手，疑惑地看著關閉的電子遊樂場：「不會是倒了吧？」

可他前兩天看見的規模之大，應該不是那種馬上就倒的樣子才對。

就在揣測著好幾個可能性時，後面猛地傳來腳步聲。

「嘿！新來的，你又來了啊。」聽到聲音他立刻回頭，看見的是個不算面生但也不是很熟的中年人。

他微微一愣，沒想到會碰見上次在遊樂場裡告訴他有關林秀靜事情的中年男子，虞因立即上前應道：「大叔，你知道這家店怎麼了嗎？」

「店喔。」中年男子看了一眼關閉的電子遊樂場：「今天一大清早警察就來巡過一次，也不曉得發生什麼事情了，後來警察走了就關了，我也不知道為什麼，一點聲音都沒有就突然收了。」他說，然後聳聳肩。

「警察來抄店嗎？」二爸的動作有這麼快嗎……

「不是，好像是之前發生的事情。這個地方常常有人玩到欠錢還不出來被打。」壓低了聲音，中年男子很小心地說著：「聽說有人去報案，所以警察在路口調出監視器畫面來抓了幾個人，人一抓走之後，店就關了。」

欠錢被打？

虞因突然想到第一次認識嚴司時，他說遊樂場一帶經常有人被圍毆，原來從那個時候開始，警察就已經盯上了嗎？

「不過看這次事情鬧成這樣，要被抄店是遲早的事情，如果你還想玩，勸你找別的地方吧，聽說最近郊區那邊也開了家不小的，有空可以去看看咧。」中年男子拍拍他的肩膀，於是一晃一晃地又離開了。

目送走中年男子之後，虞因沉默了。

不知道被抓走的人裡面有沒有王鴻和趙昱恆。

在心中盤算了一下，虞因決定按照原定計畫還是進入電子遊樂場走一趟。就算前面鐵門都關了，至少還有個後門什麼的吧……

他轉過頭，看著站在一旁的車，大概就算叫他不要跟他還是會硬跟吧：「我要去找電子遊樂場的後門，運氣好的話，大概可以發現些什麼，你要跟進去還是在外面等？」

不假思索地，聿伸出手抓了他的衣襬。

「好吧，這是你自己要跟的，如果被大爸二爸知道，你一定要說是你自己跟的，知不知道。」爲了先釐清責任歸屬範圍，虞因很正經地說道。

聿點點頭，表示明白他的意思。

「那好，我們分頭去找後門，找到了就叫我，不要自己一個人跑進去。」看了一下電子遊樂場四周，虞因計算著後門的可能位置：「你從右邊的巷子進去找，我從左邊的巷子進去找。」

話才剛說完，行動力其實也很快的聿直接就往右巷跑去。

也不再浪費時間，虞因就轉頭往左邊的巷子走。

這一帶的房子都是獨立的，而中間隔了防火巷道，大多人家都會無視於消防安全宣導，擺滿了花草或是貓狗，甚至是堆積滿雜物。電子遊樂場的旁邊巷道就堆了一排的廢機台，機台上積了些許灰塵，大概是廠商或是回收業者還沒來載走，幾乎把路佔了大半。這讓本來就不是很苗條的虞因得側著身體閃過層層阻礙，才能逐步前進。

果然在通過機台之後，一扇不怎麼明顯的小鐵門就出現在後頭。門邊的路清得挺乾淨的，好像不久之前才有人大整理過，跟機台形成強烈的對比。

虞因試著拉了拉鐵門幾下，發現是從內鎖上，可以拉開一點空間，卻沒有辦法整個打開。不過也許是裡面的人過於大意，所以外鎖沒鎖上。

左右看了一下，沒有可以搆開鎖的東西，虞因勉強將門拉到最大的極限，然後硬是把手給伸了半掌進去，搆了好一陣子才撥弄到鐵鎖，拉了好幾下後，裡面傳來幾個聲響，鐵鍊居然還真的給他拉落了。

遊樂場裡整個都是黑的，一盞燈也沒有。

他走進幾步，瞇起眼，等眼睛微微能夠適應黑暗之後，才在門邊左右看了一下，門邊也被整理得非常乾淨，一點痕跡都沒有。走了幾步之後，他在地上踢到一個東西，仔細一看是只女用手錶，摔壞了，指針動也不動地指著凌晨的時間。

虞因把手錶拾起隨手放在一邊，摸黑就在裡面走了幾圈。滿屋子的機台都還在，看來應該沒有要搬走的樣子，大概是想避避風頭再重新開幕。他曉得很多地方都是這樣做的，就算警察來抄，也抄不到什麼大尾的，大概過一陣子之後，不是在原地就是在別的地方看見店家重新開張。

裡面除了大量的機台外，什麼也找不到。

他走到上次那台機台前坐下，發呆了一會兒，啥靈異現象也沒。

繼續呆在這裡似乎也沒什麼用處。

就在虞因打算要離開的時候，外面的鐵捲門突然自動打開了。

連考慮的時間都沒有，虞因一看見遊樂場邊的廁所就在旁邊，他立即就閃身躲入裡面。

門外走入了兩個人。

「可惡的條子，居然在這種時候進來抓人。」

鐵門只捲開了一半，兩個人一前一後走了進來，沒多久，裡面的燈給人開了一盞，瞬間亮了起來。

虞因躲著的地方看不見走進來的是誰，但是就聲音判斷，其中一個就是王鴻。

「老、老大……現在事情都變成這樣了……可不可以就放我們先散一陣子……躲躲風頭……？」後面跟著走進來的那人聲音較為怯懦，讓虞因一時想不出來他是誰。

但是，是耳熟的。

如果說電子遊樂場裡有其他人的聲音讓他感覺到耳熟，那麼除了趙昱恆之外就沒有別人了。

鐵門的聲音又傳出，是讓人放下隔絕外頭。

外面沉靜了半晌。

猛地，某種悶哼聲夾著巨大的撞擊聲響起。「幹！你想散！」王鴻的咆哮聲追著其後傳遍了整個密閉空間：「你跟阿木一樣想閃是吧！別忘記你們幾個還欠老子多少，要是老子不爽，絕對讓你家跟著天翻地覆！」

欠？

虞因對這個字眼相當敏感，加上之前有人告訴他，老大都有他們家的住址……難不成這幾個人也都曾經是遊樂場的顧客？

「不是啦……這陣子我總覺得不太對，我怕靜……」

「閉嘴！」立即打斷對方的話，王鴻一把將地上的人給拖起來，摔在旁邊的機台上：「那個婊子的事情連警察都不知道，你最好嘴巴給我封緊一點，否則我就讓你也跟著下去找阿木他們！」

聽到這邊，虞因已經大概有個底。

林秀靜的死，十成十與他們脫不了關係了。

「我、我之前就有叫你們不要這樣做……靜、靜她……她是我女朋友啊！」像是要把滿心的不平說出來，被拽著的人用力地大喊，然後瞪著王鴻：「我以爲你們會放過她！」

啪的一個巴掌聲響起，清脆地迴盪四周，接著是王鴻的冷笑聲：「哼，你這沒種的傢伙，還敢在我面前說那婊子，現在敢大聲了？那個婊子被我們爽的時候，你爲什麼連吠都不敢吠！你女朋友？哈，那天你跑太快，你也不看看那個婊子那個樣子，眞是賤得可以！」

「王鴻！」

怒吼著，趙昱恆爬起來就想一拳揮過去找他拚命。

輕輕鬆鬆躲開了那拳頭，王鴻順便迴手一拳就揍在他腹部上，連緩力都沒有，一下子就讓趙昱恆倒在地上爬不起來：「你最好不要想報警，別忘記那婊子的事情你也有一份。」

然後，他轉頭走往服務台。

趙昱恆久久沒有聲音。

就在虞因想著要怎樣離開這地方時，一股冰冷的氣息就吹上他的後頸，想也不想就轉過頭想看冷風從哪吹來。

一轉眼，對上了一張女人的臉。

虞因不用一秒就立即捂住自己的嘴巴，以防錯愕失聲叫出。

那個女人瞪著他看了好一會兒，直到虞因的背後已經濕滿了冷汗，才見她緩緩開始移動，往外「走去」。

大著膽子，虞因偷偷探出一點頭看著外面的狀況。

女人穿過了層層的機台，冷眼看著倒在地上的趙昱恆，然後往前靠近在服務台邊的王鴻。可、她的臉上有些畏懼，像是不敢靠近。

就在那瞬間，山貓的叫聲響起。

「哪來的貓叫！」

王鴻機警地馬上回過頭，女人立刻消失在空氣中。

「貓……？」勉強地從地上爬起，趙昱恆左右張望著。「什麼也沒有啊……」

「不對，四處檢查看看！」王鴻立即走出服務台，直接就往後門走去。

爲什麼他聽得見貓叫？

虞因不及細想，馬上避開了身。

不久，外面傳來一連串的髒話。「後門被人打開了！馬上給我找看看有沒有人躲在裡面！」王鴻憤怒地吼著：「剛剛的話被聽見就完了！」

立即跟著到處搜人，趙昱恆的神色看起來也非常緊張。

他們在害怕什麼？

□

「找到你了！」

還來不及細想，王鴻的聲音猛然在耳邊響起。

沒想到他馬上就找到廁所來，虞因嚇了一大跳，後退了好幾步，直到背後撞上廁所的鏡子，發出了巨大的聲響。

「以為老子找不到人嗎？哼……別忘記這間遊樂場是我王鴻在管的，哪些人喜歡躲什麼地方，我都清清楚楚，尤其像你這種菜鳥只會鑽廁所！」王鴻冷笑著站在門口，也不急著進來抓他，像是貓在逗弄老鼠一樣惡劣地看著他要掙扎的舉動：「阿關的朋友……你偷聽我們講話已經夠久了吧。」

虞因左右看了一下，四周沒有類似窗戶的地方讓他脫逃，唯一的出路是不遠處的後門。不過他想，像王鴻這種人應該不會這麼簡單就讓他逃走才對。

現在應該怎麼辦？

他有點擔心聿，既然他被發現，另外一個人不曉得會不會發現聿的存在。

這些人都不是什麼好人，聿一定應付不過來。

「你聽了多少？」靠著廁所邊，王鴻冷冷地問著。

「不算多。」虞因在心中很快閃過幾十個對策，但是又一一直接畫上叉，除了逃跑之外，他現在最在意的是也跟進來的另一人。

早就說過叫他不要那麼愛跟！

盯著他看了半晌，王鴻露出奇異的笑容：「喂……把你聽見的說來聽聽吧，或許我還可以考慮讓你多活點時間。」

冷靜下來，現在如果是大爸還是二爸遇到這種狀況的話，會怎麼辦？

虞因轉動了腦袋，接著突然想到他大爸一貫的做法就是用開導的，接下來開導不成二爸就會衝上去暴力相向了。

……完全沒有參考價值。

「你是嚇呆了嗎？」看他沒有任何反應，王鴻又開口。

「沒有，我正在想要怎麼回答你。」直視著對方，虞因這次很快就回嘴了：「介不介意我們外面說會比較舒服，我沒有在廁所被逼供的興趣。」

「你當我是笨蛋嗎，外面不就正好讓你逃走。」環著手，王鴻冷冷一笑，一點也沒打算跟他交涉逼供地點，說著：「爲什麼闖進來我的店？」

「路過。」

砰的一聲，王鴻重重地捶了一旁的牆面一拳，發出了很大的聲音。「幹，你不要給我裝肖維，是不是路過大家心裡都有數，你從看阿關那次開始就頻頻來刺探我的人，你以爲我什麼都不知道嗎！」

「既然大家都心裡有數，那你不是多問的嗎。」冷哼了聲，虞因也有一句還一句。

「你應該自己知道惹上我會有什麼下場吧。」看了對方一眼，王鴻繼續說著：「膽敢來，就要有回不去的準備。」

「很遺憾，我家有規矩的，無事沒報備不回家都會很慘，所以我還是有回家的打算。」聳聳肩，虞因用一種「很抱歉我沒有做好準備」的語氣回他：「說到下場這件事情……那天叫人來堵我的應該就是你沒錯了吧。」

其實他心中一直有個底，畢竟他這一陣子都沒惹過別人，後來想想，大概就只有眼前這傢伙嫌疑最大而已。

只是他一直不解，他那天明明什麼也沒有做，爲什麼王鴻會立即發難。

「是啊，你太多事了，給你點教訓，沒想到你還眞不怕死。」坦承不諱地直語，王鴻哼了聲：「到我的地盤打聽事情，你以爲我們都不會注意到嗎？如果遊樂場每天都有你這種人來來去去，我們不就早被條子給抄了。」他敲敲自己的耳邊這樣說。

耳朵？

虞因愣了愣，馬上想到他的意思。「你們在遊樂場裡面裝竊聽器！耳機除了是通聯以外，還針對某些地方竊聽！」難怪那天王鴻會馬上就出現找他，那時候他還以爲是因爲那張名片的關係。

看來，他可能想錯方向了。

「哼，多虧立宇的點子安了那些東西，不然這家店早被條子抄了上百次，還輪得到你進來嗎。」

他終於找到堵他的凶手了！

虞因在考慮要不要先跟他討手機的賠償再說，不過看這樣子，對方應該不但不會賠他維修費，還可能要他一命吧。

「好了，你問題都問完了，換你回答我的問題了。」不給他思考的時間，王鴻打破了凝重的空氣。

說眞的，虞因大概猜得出來他想問什麼。

「你到底是誰？」

四周的空氣有一秒凝結。

他看著對方，對方還沒有移動的打算。

「我不就是阿關的同學嗎。」虞因哼了哼，回答著。眞是有夠沒創意的問句，每個人都問這句話，害他連猜都懶得猜。

「一般的同學不會問這麼多事。」

「只是好奇心太重的同學不可以嗎，現在的人時間太多太無聊了，難得有事可以打發一下時間，說不過去嗎。」一邊回答對方，虞因分心注意著有沒有其他聲響。

從剛剛開始都是他跟王鴻的對話聲，應該就在附近的聿和趙昱恆反而一點聲音都沒有。

照理說要是趙昱恆發現聿了，應該現在已經衝過來才對，要是聿沒有被發現，也應該察覺不對往這邊來才是。可是，太安靜了，完全沒有其他聲音。

這反而讓虞因更有些不安了。

「哈，你要繼續裝傻下去也沒關係。」挑眉冷笑，王鴻看似放棄繼續詢問。「反正，死人也不會多說什麼。」

「你就不怕死人還可以做什麼嗎？」下意識往後退了一步，虞因才想起來自己已經靠著牆鏡了，後面一點路也沒有。

「死人還可以做什麼？」

意外地，王鴻居然笑了：「你以爲死人還有什麼可以做，哼，我就不信還有什麼事情能做！」

他的反應太奇怪，讓虞因有些錯愕。

事情發展到現在，只有王鴻跟趙昱恆沒出事，這讓他突然想起那天在遊樂場的確是看見，那隻手本來是想抓住王鴻的，但是卻又退縮的一幕。

爲什麼？

難不成有什麼原因讓「她」動不了這兩個人？

「你說得很有自信，但是有時候死人能做的比你想像的多。」虞因吞了吞口水，整個人開始緊張起來。他知道接下來就要硬拚了，而且眼下狀況其實對他很不利。

「如果他能做，我還等著他！」

王鴻說話的神態幾乎可說是囂張了。「如果死人能做什麼，我等著好好看！」

「放心，你很快就會看到了。」無懼地看著對方，雖然還摸不著邊際，不過虞因大約已經將整件事情都摸清楚了。

「但是，那個死人不會是我。」

「你是誰！」

與虞因分頭走之後，聿找不到任何東西便回頭走，就在門口等了半晌，正想往虞因那邊去的同時，背後突然傳來陌生的聲音。

微微愣了一下，聿立即就轉頭，只見身後不知什麼時候站了一個不認識的人，臉上帶了傷，顯然是剛從電子遊樂場中出來的。

「你是……」對方瞇起了眼，盯著他半晌，像是在想什麼似地：「你是阿關他同學……旁邊的那一個？」

同時也認出對方的身分，聿知道這個人是王鴻身邊的其中一個人。

「你在這邊做什麼！」劈手直接掐住聿的肩膀，趙昱恆毫不客氣地逼問：「阿關他同學在哪裡！你們來這裡做什麼！」

聿一看見這人出現就驚覺不好，用力猛搖頭，急著要掙開男子的手，判定裡面一定出事了。

「說！你們到底來這裡想幹什麼！」緊緊扣著眼前的少年，趙昱恆幾乎是用吼的：「你們在懷疑什麼！快說！」像是什麼秘密被看穿一樣，他瞪著的眼泛起了紅絲，一反先前怯懦的態度。

紫色的眼瞳大望著眼前的人。

「快說！」

就在那一瞬間，正想更進一步逼問的趙昱恆腹部猛地傳來痛楚，他不禁鬆開抓人的手，發出悶哼吃痛的聲音。

直接拐了他一肘的聿，趁著鬆脫箝制的同時轉身就跑。

原本想進去虞因那頭的防火巷，但是又突然想到應該還有另外一個人，表示虞因的處境應該也差不多，現在衝進去不會有什麼幫助。

「站住！」忍痛要追上來的趙昱恆發出憤怒的叫喊。

現在進去，他們會被困在一起而已。

很快做出這個判斷，聿立即拔腿就往外跑。

「他媽的給我站住！」正要追上去的趙昱恆只走了不到幾步，突然就停下。「怎、怎麼回事……」一個冷顫從他的背脊打上來。

他眼睜睜地看著那個少年從他的視線當中消失，但是自己的腳像是被盯在地上一樣，完全無法移動。

四周的空氣跟著冰冷了起來。

「這、這是怎樣——」緊張地抽著自己的腳，卻怎樣都動不了，趙昱恆開始有些緊張了起來，不斷用手去拉著腳想多動幾步，可是偏偏那兩條腿變得好像不是他的，連感覺都沒有：「別開玩笑了……這是怎樣……不是抽筋吧……」

他的聲音越來越小，低垂的視線看著地上，一個黑色影子出現在巷子的另外一端，然後緩緩往他靠近，進入他的視線當中。

那一瞬間，趙昱恆失去了抬頭的勇氣。

冰冷的風吹過，他看見地上的那個人影長髮隨之飄起，但卻沒感覺到有人站在他面前。

他不敢抬頭。

他知道那個影子是誰，最熟悉不過、根本不可能認錯的影子。

一道冷汗從他的額際落下。

像是慢動作畫面，那個影子緩緩朝他伸出了手，有些顫抖的，一點一點接近他的影子。

趙昱恆只感覺到手在發抖。

□

虞因幾乎是反射性地躲過砸來的東西。

一個廢棄不用的鐵盤零件擦過他的臉，砸在後面的玻璃上，接著是破碎的聲音在他身後響起，不用回頭就知道後面的物品給砸個粉碎。

往旁走了幾步避開一地的碎片，虞因盯著眼前的人：「別這麼快動手，我還有些話想跟你說。」

「你還有什麼話想說？」挑眉，王鴻冷聲說著。

「何霖研、朱毅以及謝立宇都死了，你真的還不怕嗎。」虞因強迫自己先冷靜下來，別因爲他突然的舉動而失去對應理智，然後觀察著對方，慢慢套著話。

「我眞懷疑你到底知道多少事情。」王鴻瞇起眼睛，銳利地盯著他。

「那天晚上，拿著『東西』去丟的是何霂研和謝立宇，他們在醫院前面叫了車，出錢包下計程車到市郊把『東西』丟掉，因爲沒有處理好，計程車上留下很多血水，雖然司機已經清理過，但警方還是驗出血水爲人血，那麼，那包東西裡面是什麼，我們就不需要多講了。」虞因整理了所有到此爲止得知的事情，一點一點串連起來。

王鴻往前走了兩步，又停下，眼神閃爍著：「沒錯，阿木他們是照我的意思辦事，司機的包車錢也是我出的，那又怎樣。現在那兩個沒用的傢伙都死了，誰還可以證明這件事，頂多查出來就是他們兩個頂，哈，死人要頂多少就多少不是嗎。」

虞因看著他，冷哼了一聲：「那可不一定，要是能找到本人的話，只要能採集證據，我看要頂的人應該就不只死人，別忘記你剛剛自己講過誰跟誰一起爽這件事情。」

「那也要找得到才行。」按動了指關節，王鴻相當囂張地笑著：「就算找到又怎樣，條子又有什麼辦法可以證明人是我殺的……」

「當然可以！」虞因打斷他的話，暗暗在心中評估逃走的可能性。「爲什麼外面機台那麼髒，可是巷子卻那麼乾淨，一看那些機台就知道小巷應該是平常不用的，又爲什麼要清理？那天你們載出去的垃圾袋會滴血水，還被司機糾正，要是我要求警方在這裡和計程車上採樣，你猜猜看我們會找到什麼東西。」

王鴻的眼神起了殺意，惡狠狠地盯著虞因：「我看，你應該也去陪林秀靜那個賤婊子，兩個人一起躺比較不會寂寞。」他從口袋拿出一柄蝴蝶刀甩著，銀寒的光折射在廁所當中。

看著眼前逐漸逼近的人，虞因突然勾起笑容：「林秀靜果然是被你們殺死了。」

「！」

愣了一下，王鴻還來不及反應，虞因比他更快有了動作。他往前衝去，一把推開了王鴻，不看後面，停也不停就往後門衝去。

不過王鴻也不是省油的燈，回過神一把就抓住他的後頸往地上拽去，將虞因整個人摔在地上。兩個人扭打了好一會兒，虞因不曉得從他頸上抓下了什麼東西，然後整個人一陣暈眩，只僅僅差了數秒立即就居於下風。

站起的王鴻立即重重地一腳踩在他胸口上：「你以爲我會這麼簡單就被你跑了嗎？」他的聲音很冷，由上往下俯視著虞因：「你剛剛說的那句話是什麼意思。」

差點喘不過氣，虞因咳了一聲，然後狼狽地回以冷笑：「我從頭到尾都沒有提到『屍體』跟『林秀靜』這五個字，你自己承認你殺了林秀靜！」

「媽的！你給我去死！」

虞因瞠大眼，看著蝴蝶刀往下落。

就在那一秒，他看見了——

王鴻身後的鏡子猛然伸出一雙白色浮腫的手，一把掐住他的脖子把他整個人往後拖。

還來不及發出慘叫，王鴻的腦袋狠狠撞上了鏡子。

匡啷的聲音響起。

血與玻璃碎片混合在一起，潑濺到他身上。

虞因緩緩轉過頭，看清楚了自己手上剛剛拽下來的東西是什麼。

繪著不明符文的保身咒在他的手中碎裂開來。

□

整間廁所中迴盪著慘嚎聲。

躺在地上的虞因只感覺全身脫力又痛得要命，整個胸口都是灼熱的痛，他只能看著那隻手拽著王鴻的頭撞碎了玻璃，接二連三不斷往後狂扯，玻璃全給撞碎之後就撞在牆上，整個牆面斑斑駁駁的全都是血跡，看起來非常駭人。

那個人沒有停手的打算。

「住、住手！」

忍著痛楚，他對著鏡子另一邊的那人喊著。

那隻手猛地停頓一秒，然後抓著王鴻的頭就不動了。

虞因看見剛剛還凶殘的那人已經不會動、也不會掙扎，連呻吟聲都沒有，眼睛整個翻白像是昏死過去，大大小小的玻璃碎片插了他滿頭滿臉，四處都是血水。

蝴蝶刀掉落在地面，靜靜地躺在血泊當中。

「別殺他……不然這樣什麼都不知道了……」咳了咳，虞因抽了好大一口氣這樣說著：「相關的人都死了，會問不出案情……」從最開始到最後的人都出事，要是王鴻也死掉，這樣蒐證上會又少了一樣。

白色的手緩緩鬆開，任由王鴻跌落地面然後倒下。

就在虞因鬆了一口氣的同時，原本被王鴻開得通亮的廁所燈猛然全部熄滅，只聽見一陣劈劈啪啪的聲響，燈泡中的鎢絲都給燒毀，只剩下外面射入的微弱光線。

黑暗之中，他看見王鴻身邊多了一個人，一隻山貓在那人的腳邊繞著走著，不斷發出詭異的貓叫聲。

「妳就是林秀靜吧。」

就在虞因一說完同時，那個人立即原地消失，彷彿他剛剛根本是看錯，那裡一開始就沒有任何人。

「我知道妳就是林秀靜，我也想幫妳做些什麼……所以，不要再這樣了……」他躺在地上仰望著黑黑的天花板，好像自言自語一樣說著：「我大爸跟二爸是警察，可以幫上忙。」

咚咚的腳步聲在廁所周圍響起，像是團團踩步著正在考慮什麼。

「所以，放手吧。」

就在語畢的那一秒，虞因猛然聽見奇異的尖叫聲從遠遠的地方傳來，持續了好一段時間之後又乍然停止。

然後，什麼聲音人影都沒了。

他偏過頭，看見黑暗中只剩下王鴻正在抽動的手指。

接著是外頭的警笛聲震響了整片天空。

□

警車的鳴笛聲在街道上迴響。

接到報案之後，附近一帶的警局很快就派出員警抵達現場，接著拉起黃線，幾名員警與鑑識人員不久之後開始穿梭其中。

這很快就引起附近的居民圍觀，甚至開始竊竊私語這裡怎樣怎樣的……

「被圍毆的同學，你翹了嗎？」

突兀的問句是從遊樂場裡面傳出來的，與外面的猜測懷疑相反，乾脆俐落到讓人想問他是不是認真這樣覺得。

蹲在地上檢視著虞因的狀況，接到通報一起跟來的嚴司翻查著手中的臨時醫療箱，找出了幾罐藥先幫他暫時包紮傷口。

靠著牆壁坐著，虞因白了他一眼：「去你的。」如果不是胸口痛得要命，他會順便賞對方一記中指。

「精神這麼好，看起來應該是暫時掛不了。」聳聳肩，嚴司看了旁邊斑駁的血跡與鏡子碎片一眼：「不過，剛剛被送到醫院那個可能就沒那麼有精神了，腦袋被鏡子割傷又插了大量的碎片，看來醫院這下子有得忙了。」

他們是接到電話通知來的，一來，就看見廁所中倒了兩個，一個是被揍得全身傷，一個是拿腦袋撞鏡子倒在血泊中。

「不是我要懷疑，被圍毆的同學，你是不是一臉討打？爲什麼走到哪邊都看到你被扁？」嚴司很認眞地發出自己多日以來的疑問：「怎樣，被扁一扁有沒有什麼心得要分享？」

「去你的。」全身很痛的虞因依舊給他相同三個字。

「沒禮貌！」

相較於交談中一派輕鬆的兩人，帶頭來抄店的虞夏可沒這麼好心情陪他們嘻嘻哈哈了，一解決手邊的事情之後，就直接往這邊過來拷問：「阿因，你忘記你答應過什麼喔！」娃娃臉整個怒起來，給人一種可怕的感覺。

旁邊正在依言搜查的同事能閃的就盡量閃遠一點，很怕這對父子火山爆發起來，連他們都被岩漿潑到。

要知道平常在警局被魔王操就已經很慘了，他們可不想又招火上身，那會衰一整天的。

「耶……我傷到頭，忘性大。」虞因搔搔下巴，打哈哈地說著：「你要知道撞到頭的人比較不會記東西……」

「虞因！」有種想衝上去踹他三腳的衝動，而虞夏也真的幹了，不過才衝出去就被嚴司攔下來，只能踢腳試圖要踹人。「你這個混小子！敢玩你二爸！看我怎樣修理你！」不孝子！真的是天大的不孝子！

「好了好了啦，他還是傷患耶。」基於醫生的職業道德並且要避免更多麻煩，嚴司用力地把人拖到旁邊去，一邊的警員則用幾乎是敬佩的眼神看著他。「你這樣踹下去，不死也會剩下半條命的。」就他對於虞家的魔王認知，這是非常有可能的。

「踹一踹上床去躺三個月，看他會不會比較乖一點！」虞夏瞪著坐在地上的臭小鬼，想補他兩腳讓他直接上西天。

「二爸，下次不會這樣了啦。」連忙討饒，虞因露出討好的笑容。

「你還有下次！」

「沒了啦。」

父子吵鬧告一段落。

「幸好這次是小聿的反應快，一聽到裡面有聲音，就馬上跑去附近超商報警，不然我看你死在這裡都沒人知道。」沒好氣地說著，虞夏想到稍早在另一邊巡查時候接到的電話。

聿當然是不可能講話，但是他寫在紙上請店員幫他打了電話，他們才正好把奄奄一息的王鴻緊急送醫治療。

瞄了一眼站在廁所門邊的聿，虞因伸了手向他一揚：「謝啦。」

對方只是看了他一下，然後就往外縮去。

「老大，這邊勘驗出血跡反應了！」猛地，後門的鑑識人員傳來喊聲叫，立即好幾個幫手圍過去在四周跟著檢驗：「這邊也有……」

「在門邊的女性手錶上也驗出血跡反應。」

「好，把整間店都給我翻過來查！」

虞夏朝著全部的警員喊道：「一點蛛絲馬跡都不要放過！」

「是！」

□

虞因再度醒來時，已經是隔天下午。

那時候他躺在醫院病床上，不知道是什麼時候被送回來的，有可能是在救護車上就暈過去了，因為他沒有下車的印象，整個人後來就是昏昏沉沉的，好像嗑藥後遺症一樣，什麼都不知道。

他清醒的時候，只嗅到了乾淨的消毒水味道以及一些藥味，四周都是白色的牆壁……單人房，跟他偷跑之前的病房是同一間。

胸口比之前輕鬆很多，而且也稍微可以移動，看來應該不是什麼重大傷害。

虞因稍微轉動了一下頭，看見那個很愛跟的聿就趴在旁邊睡覺，四周靜悄悄的一點聲音也沒有。

他呼了口氣，看著白色的天花板。

總算把事情查得告一段落了。

旁邊的聿動了一下，然後微微起了身，眼神迷濛地眨了眨。

「不好意思吵到你了。」虞因笑了一下，左右打量，房裡只有他們兩個人。

聿搖搖頭，然後站起身幫他倒一杯開水，又拿了幾個藥片過來。

趁著空檔時間，虞因翻身拿了旁邊床頭櫃上的遙控，轉開醫院的電視機，幾個頻道選擇之後連上了新聞台。

「接下來爲您播報一則新聞報導。昨日警方破獲大型的非法電子遊樂場，起出了上百台賭博與色情性質的違法機台。據聞，遊樂場部分人員牽扯到一宗強姦殺人案，目前警方正在傳訊相關人士了解案情，若有更進一步報導，我們會爲您繼續追蹤。」

半坐了起來，虞因把枕頭塞在腰後，看著電視新聞的畫面，然後接過旁邊的藥片塞進口中：「是說……林秀靜的屍體到底被丟在哪邊？爲什麼到現在都找不到？」

市郊他們也去過了，可是找到的卻是謝立宇，那麼林秀靜的屍體到底被丟在哪邊？

坐在旁邊寫了一下子紙條，聿將那張紙放在他的眼前，上面寫著斗大的幾個字：「夏禁止你踏出病房一步。」

虞因翻翻白眼：「知道啦，我也很懶得拖著一身傷亂跑好嗎。」

聿用一種懷疑的表情看他。

「當心我扁你喔！」揮舞著拳頭做勢，虞因又轉了別的新聞台，大部分都是在報電子遊樂場被抄掉的事情，關於殺人案就可憐到幾乎沒提。看來二爸他們還沒正式向媒體透露消息，應該是想等找到屍體之後再下定論吧？

就在思考當中，一個咕嚕咕嚕的聲音響起，弄得虞因相當尷尬，因為聲音是從他肚子發來的：「糟糕，我餓了……出去買個吃的不犯法吧？」他看向旁邊二爸派來的小監督。

搖搖頭，聿指指自己，然後就往門外走去，表示他要去買東西。

虞因聳聳肩，剛好自己也很不想跑來跑去。

房門關起之後，他繼續按著電視換台。既然媒體方面播報的都差不多，那就不用多看了，等大爸或二爸來之後再問他們會比較清楚一點。

如果不是被棄屍在山上……

不對，一定是被棄屍在山上，不然不可能會有那些來回痕跡。

可是問題來了，爲什麼他們上山找就是找不到？

該不會是被分屍吧……

不對，就他個人直覺，這個不太像是被分屍的感覺。

從頭開始想看看，如果是分屍的話，時間就不會這麼吻合，而且司機載到的就不會是那樣的東西……應該說加上分屍的時間，應該就不讓林余大載到了。

一般分屍的人比較喜歡四處丟。

加上王鴻曾經講過兩個人一起躺這句話，所以他認爲絕對不是分屍案而是直接棄屍。

就在思考之際，門口又傳來聲音。

虞因抬頭一望，看見聿提著超商的塑膠袋正在關門，然後他走到旁邊的小桌把東西拿出來。便利超商的東西選擇不多，桌上就只有一個飯盒，加上兩個飯糰和兩罐飲料。

「要是大爸知道你買便利商店的飯盒給傷患吃，一定會唸到那邊去。」虞因算是消遣地說了，然後接過對方遞過來的飯盒，打開很快地扒了兩口飯。

坐在一邊的聿看了他半晌，才拆了飯糰的包裝袋。

「對了，其他人呢？」虞因很快掃掉大半個飯盒，嚼著不怎麼好吃又乾巴巴的肉片發問。

然後一捲報紙被放在他面前。

報紙上有著斗大的標題，就是遊樂場那一宗。

看來大爸應該是在處理這件事情抽不出身吧？

翻開了報紙，上頭有著整版在追蹤事件的報導，比起剛剛電視上看到的詳細很多，還有一些報社自己做出來的示意圖。

上面記錄著警方的動作非常快，在把電子遊樂場都翻過一遍之後，正式請得上頭命令，將電子遊樂場封閉，且帶走了很多相關人士回去問話。

聽說，查出的血跡反應不只一種。

可是王鴻被帶走之後，卻沒有人知道趙昱恆的下落，就像是蒸發一樣，怎麼都找不到人。

最後一個人行蹤不明……

虞因突然有種不是很好的預感。

那個人應該還活在世界上吧？

一想到這些未知的狀況，虞因又有點開始發起毛。該不會林秀靜眞的不肯放過任何人，追上去報復了吧？

他深深覺得，有必要再去市郊一趟。

11

翌日，第一個來到病房的訪客很罕見的不是虞家兩名掛著監護人頭銜的人，而是那個經常在醫院兼差的路人甲一名。

「嗨，被圍毆的同學。」

帶著一整籃的水果晃入病房，嚴司先是笑笑地打了招呼：「你家兩個老爸現在被一堆事情纏身，剛好我很閒，順道過來幫他們看一下你還活著沒喔。」

虞因很直接地給他一記中指。

「嘿，眞沒禮貌，至少要跟好心提著水果來看你的大哥哥說聲謝謝啊。」把水果籃交給旁邊的聿，相當自動自發的嚴司拉了椅子坐在一旁。

「大、哥、哥？」虞因用一種你在說笑嗎的語氣冷哼了聲：「歐吉桑，不要裝年輕。」

「小、朋、友，大哥我只長你幾歲喔。」微笑著回敬過去，嚴司從身旁的背包裡取出一件東西：「哪，這個借你看，打發打發時間。」

接過不大的牛皮紙袋，虞因打開之後，發現裡面是一些影印的報告：「這個……」

「噓，這是非法行爲，別跟你大爸二爸講，不然下次別想要我弄給你看。」朝他眨著眼這樣說，嚴司用一種下不爲例的語氣告知。

袋子裡面裝著的是幾起案件以來所有死者傷者的相關報告。

包括在山坑裡發現的謝立宇，以及被送醫之後現在生死未明的王鴻等。

「你拿這個給我看是什麼意思。」並沒有立即攤開來看，虞因反而是將東西收回袋子裡，揚了揚然後說道：「基本上我跟歐吉桑你不是很熟，你沒有必要專程冒險帶這些給我吧。」

嚴司勾起一笑：「果然不愧是虞老大家的小孩，看起來很脫線的感覺，不過其實也挺謹愼的嘛。」

「你說誰脫線！」把袋子拋回去給對方，虞因冷哼了聲。

「你囉，不然怎麼會接二連三被圍毆啊，這位同學。」收回了袋子，嚴司從裡面抽出兩張相片：「好吧，其實我想給你看的是這些。」

「下次不要再試探我，我的脾氣沒有比二爸好到哪邊去。」抽過那兩張相片，虞因瞄了他一眼，說著。

「看得出來。」聳聳肩，嚴司沒什麼特別的反應。

翻看了那兩張相片，一張是已經發脹生蟲的屍體，另一張是在上吊自殺現場拍下的。

「其中一張是謝立宇……就是跟你腦袋碰腦袋那一位，另一個你應該就知道了，這張是那天遺漏的相片，後來攝影組補上來的。」在一邊補充說明，嚴司點點相片。「上吊的這張現場有拍到房間一角，你看最角落那個鏡子反射的地方。」

依言看去，虞因看見小小的房間中，在最不起眼的角落有張桌上立鏡，阿嬤用的那種圓紅鏡，鏡子大半地方都反光了，只有小小的一角映出了影子。

一個女人的人影。

雖然模糊看不清楚，但是虞因很清楚地看見鏡子中的那個人笑了，嘴角的弧度是上揚的，令人發冷。

他記得二爸說過，現場並沒有女性。

虞因轉過頭，看著把相片帶過來的那個人。

「另外這張，他的死因是失足摔死，不過呢，他手上倒是有個有趣的東西。」指著第二張相片，嚴司瞥了他一眼。

翻過相片，第二張是屍體的部分特寫，照的是手部。

「這是……」虞因瞇起眼，旁邊的聿很快就湊過來一起端詳相片。

相片上的屍體特寫中，手腕的地方明顯出現黑色的瘀傷痕跡，像是被誰用力抓握過一般，因爲已經有些時間了，所以比起其他部位明顯的潰爛許多。

還在思考時，一旁的聿已經直接劈手奪過相片坐到旁邊細看了。

「那你刻意給我看這兩張相片是怎樣？」稍微移動了一下位置，虞因看著眼前的人這樣詢問。

「沒啊，根據驗屍的判斷，我可以說他們一個是死於自殺、一個是死於意外事故沒錯，可相片上看起來又有那麼點不自然，所以我只好問了警局的人，來找你這個業餘專家看看有什麼不同的見解囉。」接回聿遞來的相片，嚴司聳聳肩說著。

「不好意思，我才不是什麼業餘專家，想分析的話麻煩寄去給電視台，還有專家幫你分析，上次你自己也講過。」擺出不怎麼感興趣的表情，虞因躺回原位。「不過，我沒想到原來法醫對這類事情也有興趣哩。」他還以爲他們都比較喜歡講求科學證據。

「當找不到屍體時候，你就會對任何事情都有興趣了。」從一邊的小櫃子上拿起了蘋果，嚴司俐落地削起了果皮：「你知道嗎，電子遊樂場中查驗出大量的血跡，從那些紀錄點來看的話，嘖那些血量的人應該已經沒命了——除非他有立即輸血，發現的女用錶經出家屬確認，已經證實是林秀靜小姐所有，另外在錶上也有部分血跡，現在已經請家屬做比對是否相符。」

「帶回去訊問的員工怎麼說？」懶洋洋地問著，虞因隨手轉開了電視。

「很統一咧，打死都不說。不曉得有什麼把柄被人家掐住了，不敢亂說話，只說是被聘請的，其他都沒講。」這就是比較麻煩的地方了，不過這邊的情況就跟他比較沒關係就是。嚴司看了對方一眼，然後將切好的蘋果遞過去：「關於這部分正在持續搜查，初步已經發現一些帳冊裡面，有部分員工的欠債紀錄跟借款紀錄等等，可能會再深入調查。」

「這樣喔……」

「是這樣沒錯，還有……」正打算說些什麼時，嚴司的手機突然響了起來：「不好意思，我出去接個電話。」

就在嚴司走出去之後，虞因才一反剛剛漫不經心的態度。

現在連警方也沒找到屍體。

看了剛剛那兩張相片，他幾乎可以肯定那兩人一定不是自殺和意外事故死亡，而是跟其他人一樣被殺死的吧，只是可能沒辦法用謀殺來結案了。

畢竟歷年來的檔案上，可沒見過用鬼殺人結案的事件。

他注意到從剛剛開始，除了拿相片之外就沒其他動作的人。「聿，你覺得如何？」轉頭過去，剛好看見那個紫眼睛的端著水果在看他，就隨口問了。

微微愣了一下，聿放下了手上的水果盤，在一邊的筆記本上寫了字：「**謝立宇沒有理由自己上山。**」

「唉，你跟我想到的是一樣的，那種鳥地方根本不會有人刻意要去，除非是那裡有什麼見不得人的東西，他才會想要再去確定妥不妥當……可是問題在於那天我們不是也去過了，警方也在那邊調查過，就是沒有看見林秀靜的屍體，也不曉得是怎麼回事。」虞因撐著下巴抓了抓腦袋，實在是想不出還有什麼地方是他疏忽、而可能會藏有屍體的。

難不成真的不在市郊？

房門豁然給人推開。

「不好意思，我有事情現在要馬上回去一趟。」一邊收線、一邊走進來的嚴司，看起來似乎有點匆忙，直接拎了帶來的背包很快就往外走：「被圍毆的同學，你好好休養別亂跑，不然會變嚴重喔！下次見。」

語畢，也沒管虞因有沒有回應，就逕自跑出去了。

「嘖。」那傢伙到底來幹嘛啊。虞因瞪了被關上的門板一眼之後，冷哼了聲：「幹嘛全天下的人都以爲我會偷跑啊。」

他轉過頭，看見聿緊盯著他。

連這隻也一樣。

拜託！他才受過傷耶，才不會想要隨隨便便又出去讓自己變得更嚴重好不好，這些人難不成以爲他是被虐狂嗎！

聿動了動，拿起筆記本對著他，上頭出現了：「虞夏說你不能出病房一步。」

「唉，知道了知道了，那麻煩這位小哥去幫我買點喝的總可以了吧，病房裡只有水果跟白開水，我想要涼的啊！」他已經喝白開水喝到快水腫了，他需要一點甜的涼的不健康的鋁罐飲料。

放下筆記本，聿倒是拿著錢包往外走了。

按掉上演中的無味的綜藝節目，虞因往後倒在軟軟的枕頭上。

如果謝立宇眞的是去看屍體，才在那邊死亡的話……

就在他細想著這些事情的時候，熟悉的喵喵聲傳來，很近，就在他的床下。但是這次沒有之前聽到的那麼淒厲，反而就是正常很多的貓叫聲。

虞因馬上翻身從床上爬起來，就看見了那隻山貓無聲無息出現在眼前，然後從地板跳上床，坐在床尾處。

這是他第一次這麼接近看這隻貓。

已經稍微有點發脹的身體說明了牠已經不是一隻活貓，圓大的眼佈滿了斑駁嚇人的血絲，而瞳孔處還稍微有點灰白濛濛。

近看還挺有些壓迫感。

「你應該不是來預告下個要死的就是我吧。」看著眼前的山貓，虞因不知道爲什麼突然有種想開玩笑的心情。

因爲眼前的山貓對他沒有敵意，所以讓他稍微有點放大了些膽子。

那隻貓看了他好一會兒，什麼反應也沒有，接著又跳下床往門外邁步。那樣子看起來就很像……專程來找他。

「你知道林秀靜在哪，對嗎？」虞因立即跟著跳下床，抓了掛在旁邊沙發上的外套穿上，就跟著拉開門往外跑。

山貓沒有回頭，步伐不快但是也不慢，筆直地就往醫院外面走。

捨棄了電梯跟著跑樓梯，虞因就怕失了這隻貓的影子。

他覺得，山貓這次出現應該是要了結一切。

而機會很可能也只有這樣一次。

追著跑出醫院大門之後，虞因立即攔下了附近的計程車：「司機，照我的話……」還未說完，他突然感覺到衣服被人拉扯了一下。

回頭一看，聿就站在他身後。

「欸，我不是要違約，可是現在我一定得出院一趟……」虞因看著那雙紫色眼睛，又看著已經開始往外走的山貓，有些焦急起來。

不知道從何而來的感覺，要是沒追上，就眞的不用追了。

「你要明白，我不會隨便亂鬧事，這次眞的很重要了。」他注視著聿很認眞地說著。

偏頭看了他一會兒後，聿鬆開了手，然後晃晃手上的錢包跟便利商店的袋子，裡面還裝著剛買來的食物與飲料。

虞因突然有心情笑了，其實這傢伙也不是那麼難以溝通嘛。

「我們走吧！」

□

計程車在指揮之下，很快就離開醫院駛上了外道。

「少年欸，我們還眞是巧，已經連續遇到幾次了，對吧。」

金髮的年輕計程車司機愉快地吹著口哨，操作著方向盤，計程車飛快地往市郊前進。

「有緣啊，下次一起出去吃個飯。」一邊咬著便利超商買來的飯糰，坐在副駕駛座的虞因盯著用詭異速度跑在前面的山貓，指示著往市郊的位置。

「哈，爽快！等等手機留著，改天我請你們去吃好料的。」金髮的司機爽朗地笑著，然後俐落地越過一旁的車子快速行駛。「話說，你們急急忙忙從醫院跑出來為什麼要去郊區？那邊很陰的欸。」

「很陰？」虞因自然知道那邊很陰，不過沒想到年輕的司機也會這樣說。

難不成他外表看起來是個司機，其實眞實身分是個正牌陰陽眼？

「對啊，聽說那邊以前日據時代死很多人，就在山頂上，所以現在才會荒廢成那樣。」司機說著，一個打彎，計程車用很完美的弧線滑過一個彎道：「我阿公以前就住在這附近，所以對這邊很了解。山頂上就埋了很多人，後來聽說常常作祟，附近一帶的居民全搬走了，現在才會變成荒山。」

「原來如此。對了，老大，你是不是對賽車很有興趣啊。」虞因一手拉著旁邊的安全把手，連忙抓住差點飛出去的飯糰。

「嘿！你怎麼知道，我高中時代最偉大的夢想就是當一個賽車手。」哈哈笑著，司機無視於已經直線上升的速錶，非常熱血地直直衝。

果然如此。

這是現在一前一後兩兄弟共同的想法。

計程車大約在五十分鐘之後抵達山腳下。

時間還很早，就像虞因他們上次來時候一樣，不過草被輾平了很多，大概是上回救護車與警察來來去去時候弄的，往上走的路變得很清楚，不再埋在草中。

幾個人前後下了車。

「大哥，我們要上去找個東西，可以麻煩您等我們一下嗎？」虞因把單程的計程車費交給他，這樣說著。

「你們兩個小孩子自己上山，會不會太危險啊？我看我跟你們一起上去好了。」年輕司機從後車箱拿出個大扳手。「這樣比較安全啦，要不然遇上個什麼，萬一沒人幫手就完了，也不知道有沒有通緝犯窩藏山中咧。」

「那就麻煩你了。」

拉著聿的手往山上走，雜草經過整頓之後，山路就變得好走很多。他跟著在前方不遠的山貓，逐漸來到上次他墜落的那個坑的附近。

在這邊？

虞因皺起眉。

怎麼可能？

如果在這邊的話，爲什麼上次二爸他們會沒找到？

「哇靠，這個洞還眞深。」年輕司機探頭看了一下人坑，說道：「夭壽喔，不曉得是誰挖這種洞出來。」

「摔下去很痛哩，我上次就在這邊摔過一次。」虞因看著又深又黑的洞口，突然覺得自己上次摔那一下還沒重傷，算好運了。

那隻山貓坐在洞口邊，開始舔起毛，一撮一撮的貓毛在牠舔動時候開始落地，接著暴露出下面的皮，已經開始浮腫的皮崩裂之後，慢慢出現黑色的血肉。

牠緩緩抬起頭，發出嗚叫。

就在這裡嗎？

虞因左右看了一下，沒有什麼可以下到洞裡的東西：「大哥，你車上有繩子什麼的嗎？我要下去找個東西。」

「上次掉的嗎？好啊，等我一下，你們兩個不要亂跑。」司機把扳手交給他，一個人很快又跑下山。

天氣很晴，抬頭仰望整片天空都是湛藍無雲。

山貓也不急著跑走，就坐在原地搖尾巴。

司機大概十分鐘左右又回來，人有點喘，看起來是來回跑的：「喏，夠不夠長？」他遞出一捆麻繩。

「夠了，謝啦。」附近找了個能支撐的東西綁住，虞因順著洞口就往下爬。

整個下面是漆黑一片的，明明上面是大晴，卻連一點陽光都沒有透進來。他在下去的第一秒馬上覺得全身發麻，底下冷颼颼的，一點都不友善，這讓他興起了往回爬的念頭。

可惡！自己是爲了什麼才來啊！

硬著頭皮，他再繼續往下攀。

繩子的正上方動了一下，虞因抬頭，看到另一個影子從上爬下來，很快就逼近他：「混蛋！誰叫你跟下來了！等等繩子斷掉怎麼辦！」想也不想就直接開罵。

啪的一聲，一點小小的微光亮了起來。

上面的聿騰出了一手打開了打火機，把深洞稍微照亮。

虞因愣了一下：「你從哪裡生出打火機的？」太神了吧，他的口袋是百寶袋嗎？將打火機關起來遞下去，聿指指上面。

「喂！打火機夠不夠？要不要我去車上拿手電筒？」司機的聲音從洞口傳下來，迴盪在小小的空間中。

……明白了。

順利下到最底部之後，虞因點亮了打火機。

很深的洞穴，抬頭往上看到洞口有好一段距離。下方挺寬的，大概可以五、六個人橫排站著不是問題。

上次他摔下來時候失去意識了，今天才眞正體會到爲什麼那天自己會摔得那麼慘了。

左右看了一下，旁邊的洞牆上有些記號，應該是上次警員們找到屍體之後做下的一些紀錄等等……

他轉頭，猛地旁邊的洞壁上出現了剛剛那隻山貓，倒伏在一邊，叫了幾聲。

虞因有種遲早會被牠嚇出心臟病的感覺。

「在這裡嗎？」四周環顧了一下，什麼也沒有。

站在後面的聿拍拍他的肩膀，虞因回過頭，隨著他的視線往地上看去。

一隻半腐的手抓住聿的腳踝。

□

一個小時之後，據報而來的警方在洞穴中起出一具已經腐爛多時的女屍，人煙絕跡的市郊再度湧進了沸騰的人聲喧譁。

「奇怪，上次來的時候怎麼沒有發現？」

在一邊幫亡者燒冥錢，對於這點感到很疑惑的虞夏，瞪了一眼上次也來起出屍體的同僚，那人立即滿頭黑線跑開。

辦事不力！

「嘿！下面還有東西！」

挖掘人員喊了聲，隨後又起出好幾個黑黑一團一團的東西。

「這是什麼東西的屍體？都爛到看不出樣子了。」幾個人將黑黑一團的東西放到一邊的墊子上。「好像是動物……」

虞因看見那隻山貓走過層層的人群，在那些東西前面停了下來，低首，舔著。

他突然明白那是什麼東西了。

半晌，負責驗屍的嚴司一邊脫去手上的手套，一邊走了過來。「那位小姐的身上有十幾處刀傷，致命死因是頸動脈一刀，更詳細的報告需要回去查驗才能提出，目前懷疑死者生前有遭到性侵害。」他蹲下身，拿起冥錢有一下沒一下地丟進火焰中。「初步檢驗結果，我猜測凶器是一般都能買到的刀器，從刀痕深度跟大小來看……像是蝴蝶刀那類的東西。」

蝴蝶刀。

虞因愣了一下，他記得王鴻的確有一把蝴蝶刀……

「好，我知道了。」虞夏點點頭，將最後一張冥錢丟進火堆裡然後站起身。

起風了，火焰上捲，然後又緩下。

「後來在屍體下面挖出來的那些小團東西，我也順便勘驗過了，應該是貓，幼貓，總共六隻，都是被鈍器敲死的。」嚴司跟著站起身，拍拍手上的灰塵。「看樣子不太像一般的野貓，所以我問過住在附近的人，聽說這裡有山貓出沒，大概是有山貓窩吧。」

「嗯。」

聽著兩人交談，虞因放下最後的冥錢，看著那隻山貓就站在那邊久久不走。

「對了，還有一個奇怪的事。」嚴司看著旁邊已經蓋上白布的女屍：「我在死者的頭上發現一個傷痕……是新傷，感覺上好像是被什麼敲到。」

「新傷？」

「不過很怪耶，傷口上沒有泥土，看樣子應該是被埋下去之後才敲到的……這點比較奇怪，不太像是被土撥鼠還是穿山甲、神奇寶貝一類東西要挖洞時候，不小心撞到的痕跡。」

「……你告訴我神奇寶貝怎麼在這裡挖洞好嗎。」原本正掏出記事本抄寫的虞夏白了對方一眼，然後自動省略掉廢話。

「別瞧不起神奇寶貝，會挖洞的還挺多隻的。」嚴司還頂回去。

「下次要是有土裡任務，你再去找神奇寶貝來幫忙挖。」冷哼了一聲，虞夏完全跳過那四個對案情沒有幫助的字繼續筆記。

聽到嚴司的話，虞因突然覺得有點冷。

屍體上有被東西敲過的新傷……

那天晚上在他房間中，他的確聽見了被砸到的聲響。

他看見本來也蹲著燒冥錢的聿站起身，拉拉虞夏的衣服，然後把筆記本遞給他看。

「貓屍？你想在檢查之後拿回來這邊埋？」看著記事本上的字體，虞夏皺起眉問著：「可以是可以啦，不過要找我或是佟陪你來知道嗎，這裡很危險，一個人不要自己亂來。」說著，還不忘瞪了虞因一眼。

聿點點頭。

「二爸，別說得我好像都帶著他到處惹事。」虞因翻翻白眼，沒好氣地抗議。

「你敢否認？」

「……」

好吧，他是有一點。可是他幾乎都是辦正事啊，又不是帶著小鬼吃喝嫖賭外加街上幹架飆車什麼。

他轉頭看見山貓在聿的腳邊磨蹭著，發出細微的叫聲之後，消失了。

這樣，應該可以了吧？

正要去處理後續的嚴司頓了一下，然後從口袋拿出手機：「喂？我是嚴司。」

過了半晌，他轉過來看著虞因。

「陳關醒了？」

□

「新聞快報，警方在中市市郊區起出一具女屍。據報死者身分已經被證實爲林秀靜，今年二十歲，生前就讀私立理東科技大學。根據死者家屬所述，死者在半年前與家裡失去聯絡，一度被提報爲失蹤人口。本台記者爲您尋訪死者友人，更進一步得知死者這半年來與男友同居……」

播報員的聲音在病房中迴盪。

盯著電視看了很久，脫離危險期被轉送一般病房的阿關嘆了口氣。

「你認識林秀靜，對吧。」從水果籃拿出蘋果削皮，先行來探望的虞因坐在一旁問著。

在阿關清醒之後，像是奇蹟一樣什麼感染併發症都沒有了，只剩下身體上的內外傷，聽說照這樣下去，只要好好休息一兩個月就可以完全痊癒了。

主治醫生還一直大呼不可思議，最後只得說阿關有著很難得的好運氣了。

這讓虞因覺得，其實這應該是「某人」手下留情了吧。

瞥了友人一眼，躺在病床上的人才緩緩開口：「嗯，我跟靜是在園遊會上認識的，後來有一次去打工順便載她去醫院看朋友，她就在我打工的地方遇到趙昱恆。阿恆膽小歸膽小，不過人很不錯，兩個人第一次見面時好像都對對方有點好感，所以我就介紹他們兩個認識，後來就聽說他們變成男女朋友了。」阿關看著電視，又嘆了口氣，說著：「不過，後來聽說她家人一直都反對她跟男生交往，理由好像是怕會影響到學業什麼的，所以，靜好像一直沒有告訴她家人這件事情。在那之後，有一次她好像跟父母有爭執，沒過多久就跑來找我說她逃家，要我幫她安排住處。」

「跟趙昱恆同居？」虞因瞇起眼，想拿蘋果砸他。

「沒有啦，我本來是介紹她住我親戚家出租的房間，一個月三千包水包電很便宜的咧，哪知道後來她跟阿恆說，兩個就同居了。」連忙先行撇清關係，阿關急急地說著：「啊你也知道現在同居的人很多啊，我哪有理由反對別人要同居啊，又不干我的事情幹嘛管那麼多咧。」而且有時候管太多，還會被人以爲他有問題，他才不幹這種吃力不討好的事情。

「你眞是造孽喔！」很無力，虞因伸手直接往他腦袋上一拍：「好好一個女孩子，介紹她去認識那種亂七八糟地方的人，難怪你會有報應。」

「唉呦，我哪知道啊。」阿關叫著，深深覺得自己很無辜。

「做錯就是做錯，你這次眞的是活該！」把削好的蘋果丟過去，虞因站起身：「你還活著就要感謝了……」

「我知道啦。」啃著蘋果，阿關低著頭反省。

虞因一來探病的時候就已經告訴他索命的事情了，這讓他覺得其實自己只出一場車禍算是小意思了。比起丟了性命，皮肉痛實在不算什麼。

坐在旁邊轉了幾個新聞台看案件報導，虞因又回過頭：「你眞的沒有涉案嗎？」

「沒有啦！我哪敢，殺人呢！我才沒有那種膽子。」阿關瑟縮了一下，連忙搖頭。

「最好你不敢，那爲什麼他們會知道我們上次去夜遊的地方？」

「喔，因爲阿毅問我知不知道哪裡人很少，藏東西不會發現，我就告訴他那邊啊……我哪知道他要藏屍體。」上次幾個朋友要夜遊時也問過他同樣的問題，那時候告訴大家去一趟的結果是自己差點被剝光丟在那邊自生自滅，所以阿關對那地方的印象非常深刻。

一被問到，他第一個就想到那個地點。

虞因很想再賞他一拳。

把蘋果放在一邊，阿關推推自家好友，從剛剛開始他就有個疑問：「欸，這位是你朋友嗎？」他看著坐在一邊看書的聿。

他記得出車禍之前，和對方有一面之緣。

那個時候，虞因說並不認識他。

「朋友？」

轉過頭，他同時對上聿紫色的眼睛。

朋友？

虞因勾起微笑：「不是，他是我弟弟。」

「啥？」

阿關一臉疑問。

聿低下頭，繼續讀著他的書本，仍然一點表情也沒有。

呼了口氣，虞因看著電視報導。

總算是結束了。

他在害怕。

夜半一點鐘，高速公路上奔馳過許多快速返家或者自有目的地的車輛。

一台黑色房車用比其他車快上很多的速度不停超越其他車輛，像是被什麼毒蛇猛獸追趕一般。

懸掛在車上後照鏡的蓮花掛飾不停地猛烈擺動。

「不要找我、不要找我……」

黑暗中，路燈一盞盞地快速掠過駕駛人的臉上，整個刷白的男性面孔像是極度畏懼著什麼，不停喃喃自語著相同的話。

「不要找我……」

按在方向盤上的手指不斷發著抖。

猛然一回過神，他看見後照鏡中的後方座位正中央端坐著一隻山貓。

「！」

車子一個打滑，差點撞上旁邊的紅色跑車，他回過頭一望，後座卻什麼都沒有。他不安地把油門踩得更重，放任車子往前竄逃，而無視於旁邊紅色跑車發出的謾罵聲。

額際不斷冒出冷汗，掌心濕潤得幾乎快要握不住方向盤。

他快不知道自己應該往哪裡去，長長的公路無止盡地延伸，他開了一整天的車，只有車子沒油或肚子飢餓時，才在休息站停下五分鐘。

他不知道自己該逃到哪裡去。

猛地，車窗突然被什麼東西砸了一下，發出砰然的一聲。

他下意識地往旁一看，看見剛剛的紅色跑車不知什麼時候已經追上來在他旁邊並行，駕駛朝他比出了中指，後座的兩名乘客不停對他叫囂，都是大學生的年紀。

就在越過駕駛之後，他的眼睛猛然瞠大了起來。

紅色跑車的副駕駛位置上坐著一名女性，長長的黑髮就像他曾經認識過的女生那樣飄逸在窗外的夜風中。

然後，那名女性緩緩轉過頭，蒼白浮腫的面孔在黑夜中格外刺眼。

然後，她笑了。

「不是我，不要找我！」他幾乎是驚慌地再度踩下了油門，方向盤後的時速錶立即往上跳，很快就超過了公路限制速度。

旁邊的紅色跑車發出了三字經，很快也追了上來。

他再度往旁看，對方的副駕駛座卻已經沒有剛剛那個熟悉的身影。

「幹！給我下車！」紅色車的駕駛再度丟出了飲料罐砸在他的車窗上，就像剛剛一樣發出了砰砰大響。

兩輛房車在高速公路上快速馳動著，雖然夜晚車流量不大，但是卻也已經影響到其他的車輛駕駛。

他不在意緊閉的車窗上已經被沉重的鋁罐砸出裂縫，只知道要快點逃離這個地方。

彷彿與他槓上一樣，紅色的跑車著魔似地也猛衝了上來，追著他不放。

「不要找我……」

剛開始的時候，他也沒想到會這樣。

那天，他只是不敢……在那個地方沒有人敢跟王鴻他們作對。可是他眞的沒想到事情會發展成那樣，一切都跟他無關！

他不是故意要逃走的，眞的不是。

就在時速表逐漸越過一百六的時候，他看見一隻貓端坐在他的引擎蓋上，臉朝著前方，細毛四處噴飛。

一隻白色的手掌撫上了方向盤，就像以前一樣慢慢地移動，接著握住他的手。

像冰一般的感覺。

那一秒，他的呼吸好似停止了，四周的空氣跟著急速冷卻下來，連多吸一口都會感覺到刺痛。

慢慢地轉過頭，他看見原本沒有人的副駕駛座上，不知什麼時候坐了一個人，低垂著頭，長長的髮散在那人的身上，完全看不到對方的臉。

「不要找我！」

突然一驚，他立即重重踩下了煞車。

因爲高速加上突然煞車，那瞬間整個房車失速擺盪，重重撞上了原本緊追在側的紅色跑車，發出巨大的聲響。

整條高速公路似乎瞬間靜了下來。

砰然一聲撕裂了原本寧靜的黑色天空。失速側撞上跑車之後，他連人帶車被反彈到公路的分隔島上，整個翻撞過去。

那是發生在一瞬間的事情。

他瞠大了眼，一個字也說不出來，只覺得猛然的撞擊讓他因整個人撞上了車門而暈眩，再度可以定盯看東西時，只見一點接著一點的紅從身上擴散開來，然後是一片黑暗的夜空。

房車的車頭被撞到變形，他被夾在駕駛座中無法動彈。

矇矓之間，他看見旁邊的座位上仍坐著那個人，而他已經無法出聲。

四周好像有人圍了上來，接著是警笛鳴響。

那個人的身影緩緩地淡去，最後消失不見。

在失去意識之前，他恍惚中好像聽見已經被撞爛的車上收音機突然發出了吱嘎的聲響，伴隨著外面的吆喝聲，清晰得讓人覺得可怕。

「……新聞快報，北上交流道發生一起重大車禍，肇事者爲一台黑色房車。據目擊者表示，黑色房車大半夜在高速公路上狂飆，失控打滑，撞上了旁邊車道的跑車，接著彈出、翻覆在分隔島上，造成兩車四人輕重傷，同時影響了北上車流，造成暫時性的塞車。肇事車輛車體全毀，駕駛人被卡在駕駛座上整整三十分鐘才被救出，已經送往XX醫院。目前已經證實有生命危險，警方在傷者身上找出身分證件，證實肇事駕駛爲趙昱恆……」

□

虞因作了一個夢。

在清晨半夢半醒的時候，他夢見了兩個人在挖地，旁邊有一窩小貓正在喵喵叫著。

「靠，這群貓有夠吵的！」

「打死一起丟下去埋啦！」

其中一人拿起鏟子，重重地敲在小貓頭上。只是幾秒鐘，貓再也不會叫了。

他看見那個拿鏟子的人有著一頭紅髮。

然後，他醒了。

「新聞快報，日前郊區女屍案已經結案，警方調查發現死者生前遭到多人輪暴後，被殺了十多刀滅口，警方已經在屍體上採樣查出涉案人員。但是涉案人中，已經有大部分因意外死亡或是自殺身亡，無法訊問，現在鎖定唯一存活的嫌犯王鴻……」

假日清晨，虞家廚房傳來平底鍋倒油的吱吱聲響，接著是敲破蛋殼的聲音，熱油很快就將蛋白邊緣煎得金黃，不停顫動。

麵包的香味從烤爐中傳出。

「王鴻有可能全身癱瘓。」漂亮地甩起平底鍋上的荷包蛋，虞佟對在旁邊收拾的虞因說：「大量玻璃碎片刺入腦部造成嚴重腦傷，若引起感染可能死亡，正隔離室觀察中。」

虞因頓了一下。

他不能說這是最好的結果。

這是林秀靜的決定，也是她給傷害她的人最狠的處罰。

「趙昱恆已經坦承案發時他有親眼目睹，可是懼於王鴻，所以才匆匆逃走；他說他不曉得之後他們會殘殺林秀靜，現在全案已經移交法辦，連同電子遊樂場的色情賭博案。」把蛋盛入盤子上，虞佟偏頭想了一下：「另外在車禍中趙昱恆雙腿截肢，下半輩子應該得在輪椅上度過了。」

這是處罰他逃走嗎？

虞因若有所思地端著盤子走出廚房，把東西放下時，剛好聽見大廳外傳來的新聞播報。

「新聞快報，今日早晨三點在台中市發現一具無頭女屍，根據現場勘驗……」

他偏著頭看向客廳，聿正坐在電視機前面看晨間的英文教學節目。「聿，去叫二爸起床吃飯！」

聿站起來，往虞夏的房間走去。

隨後，虞佟端著果汁瓶走出廚房。「你站在這裡發呆幹嘛？等等吃飽要出門的東西準備好了沒有？」

「喔，好了。」虞因回過神，把手上的盤子放上餐桌：「大爸，台中最近怎麼那麼多無頭命案？有殺人魔嗎？」他已經聽過好幾次了吧。

虞佟轉過頭看他，滿臉疑惑：「什麼無頭命案？」

「最近新聞不是一直在播，台中的無頭女屍命案？」虞因也被他問得很莫名奇妙，照理來說，這種事情大爸應該比他清楚才對。

搖搖頭，虞佟皺起眉：「台中最近沒有無頭命案，也沒聽說別的縣市有無頭命案喔。」

沒有無頭命案？

那……那個新聞是從哪裡來的？

那瞬間，虞因突然覺得背後冷颼颼的，全身起雞皮疙瘩。

還是……當作聽錯好了。

砰一聲，虞夏的門被人一腳踹開。

住在裡面的魔王睡眼惺忪地走出來，他身後的聿一直推著他往前走。

「吃飯囉！」

虞家的早晨時間，於是開始。

《山貓》全文完

後記

後記的時間到了，在此先向所有手上有著這本書的朋友們致上感謝。

非常謝謝現在正捧著這本書本的各位朋友，願意給算是極度新手的某玄一個機會喔。在這系列當中，某玄算是第一次嘗試寫純粹靈異方面的故事；在出書前夕非常戰戰兢兢，希望本文能夠帶給大家一點小小的愉悅。

會開始寫阿因和聿的緣起，是因爲娘親很喜歡看這方面的故事，而某玄身邊友人卻又有部分相當害怕，所以總是會想著如果可以寫出能讓害怕的人也可以看的鬼故事就好了，便在裡面也添加了一些比較趣味的部分。

不過後來據說還是會令朋友害怕，還嚇退了圖作搭檔，所以大概算失敗了（笑）。

因與聿的故事背景是設定在現代、台灣，更細一點就是在台中，大家在看文之後也能知道主角是出生於警察家庭。在收集相關資料時候其實費了某玄一番工夫，畢竟不是相關人士，甚至也不認識任何相關人士可以問，所以警政與法醫方面的工作程序，大都是從國內外書本、影集上尋來的資料，在體系上也呈現半架空的狀態；如若有奇異的地方，也請大家多多指教，在此也很歡迎警政相關者有時間的話可以來一起聊天探討喔（笑）。

說起將主角背景設定為警察家庭，起因其實也很單純。某玄永遠都記得很久之前所看過的電視劇台灣靈異事件，那時候都很晚才播出，記得幼時每週還一定都要熬夜追看。所以在計畫寫靈異故事之後，第一個想到的就是加入警察這個元素，也可說是當時電視劇的影響很大，畢竟帥帥的尚警官還是一直留存在心裡啊（捂臉），於是就這樣突變出佟夏兩兄弟了。

主角阿因是個非常單純愛玩的大學生，只是有著能夠看見另外一個世界的不同能力；再加上聿，於是基本角色群便如此定下，開始一次次陷入不同事件中。

故事發生在台灣，其實並不是很可怕的事件，大多都是從人心開始、從人心結束，有怎樣的開始才導致怎樣的結果，或許故事有點老套，但是也想在某些方面可以一同做個探討、省思。

在故事當中，某玄有加入一點點算是大家一起來當偵探的氣氛，希望每次事件都可以讓阿因跟讀者們一起去探索下一個徵兆和線索；到所有事件結束後，大家也都能有著「啊，這裡我也發現了」、「這邊我有注意到喔」的感覺，不只是單單跑劇情而已。到最後大家能猜到幾個呢，是不是跟阿因他們一樣能看見、或是沒看見了？

也希望能在故事當中給大家帶上一點趣味。

特別想說的是，當初在查找資料時翻看了不少市面上的刑案書，有些是探討法醫相關領域的，當然也少不了解剖和死亡解析。當時幾乎沒幾天就看一本，因爲怕記不清楚而又翻了幾次，結果那陣子常常夢到不同死法或死相……在此呼籲比較怕這類東西的朋友要小心，不要在睡前看這類書籍，不然夢到正常的就算了，常常夢到被××追的情節就非常可怕了（汗）……

後記的最後要特別感謝蓋亞的編編，不好意思第一次就給您添了很多麻煩，也感謝編編的指導，給的意見都非常實用中肯、很有幫助，往後也請您多多指教了。

再來是要給無條件一直支持的家人，非常愛你們喔。還有各位從以往到現在的讀者，以後也請大家多多關照了，非常謝謝大家還是繼續陪著我往下走。

感謝大家。

那麼一如往常的，就讓我們的故事、繼續開始……

二〇〇八年五月十一日 護玄

國家圖書館出版品預行編目資料

山貓／護玄 著.——初版.——台北市：
蓋亞文化，2008【民95-】
面； 公分.（因與聿案簿錄：1）
ISBN 978-986-6815-56-0（平裝）

857.83 97009148

悅讀館 RE121

因與聿案簿錄 一

山貓

作者／護玄
插畫／AKRU
封面設計／克里斯
出版社／蓋亞文化有限公司
地址◎ 台北市103承德路二段75巷35號1樓
電話◎（02）25585438 傳眞◎（02）25585439
部落格◎ gaeabooks.pixnet.net/blog
臉書◎ www.facebook.com/Gaeabooks
電子信箱◎ gaea@gaeabooks.com.tw
投稿信箱◎ editor@gaeabooks.com.tw
郵撥帳號◎ 19769541 戶名：蓋亞文化有限公司
法律顧問／宇達經貿法律事務所
總經銷／聯合發行股份有限公司
地址◎ 新北市新店區寶橋路235巷6弄6號2樓
電話◎（02）29178022 傳眞◎（02）29156275
港澳地區／一代匯集
地址◎ 九龍旺角塘尾道64號龍駒企業大廈10樓B&D室
電話◎（852）27838102 傳眞◎（852）23960050
初版十六刷／2022年11月
定價／新台幣 220 元
Printed in Taiwan

ISBN／978-986-6815-56-0

Gaea

Gaea